संपूर्ण स्वास्थ्य के लिए
योग

संपूर्ण स्वास्थ्य के लिए
योग

डॉ. विनोद वर्मा

प्रतिभा प्रतिष्ठान, नई दिल्ली

इस पुस्तक में दी गई जानकारी का उद्देश्य किसी चिकित्सक की ओर से दी जानेवाली सेवा का विकल्प देना बिल्कुल भी नहीं है। पुस्तक में योग के साथ स्वस्थ तरीके से जीवन जीने से जुड़े सुझावों का उद्देश्य स्वयं-सहायता और शिक्षा देना है। इस पुस्तक में मौजूद सामग्री में किसी प्रकार का चिकित्सकीय दावा नहीं किया गया है और लेखक तथा प्रकाशक इसके लिए जिम्मेदार नहीं हैं। पुस्तक में दी गई पद्धतियों और उपचारों के व्यावसायिक स्तर पर प्रयोग के लिए लेखक से पूर्वानुमति आवश्यक है। अधिक जानकारी के लिए लेखक से सीधे ayurvedavv@yahoo.com पर संपर्क करें।

प्रकाशक : **प्रतिभा प्रतिष्ठान**

694-बी (निकट अजय मार्केट), चावड़ी बाजार, दिल्ली-110006

 / संस्करण : 2025 / मूल्य : तीन सौ रुपए

मुद्रक : नरुला प्रिंटर्स, दिल्ली अनुवाद : आनंद कुमार राय

SAMPOORNA SAWASTHYA KE LIYE YOGA

by Dr. Vinod Verma ₹ 300.00

(Hindi Translation of 'Yoga: A Natural Way of Being')

Published by **PRATIBHA PRATISHTHAN**

694-B (Near Ajay Market), Chawri Bazar, Delhi-110006

ISBN 978-93-86001-70-2

अपने पिता
स्व. श्री ओम प्रकाश
को समर्पित, जिनसे मैंने शुरुआती
योगासनों को सीखा।

- नौ हफ्ते की एक सरल योजना से योग की शुरुआत करें और योग को अपने जीने का तरीका बनाएँ।
- किसी बच्चे के समान सहज और स्वाभाविक बनना सीखें।
- योग की इस योजना की सहायता से खड़े होने, चलने, सोचने और साँस लेने का सही तरीका सीखें।
- अपनी मुद्रा को ठीक करें और सरल यौगिक अभ्यासों से अपने खिंचाव एवं दर्द को दूर करें।
- अपने शरीर की लोच और मानसिक क्षमता को बढ़ाएँ।

—डॉ. विनोद वर्मा

भूमिका

डॉ. विनोद वर्मा की 'योग फॉर इंटीग्रल हेल्थ' (संपूर्ण स्वास्थ्य के लिए योग) यूरोप और भारत में पहले ही एक मिनी क्लासिक बन चुकी है। इस नौ हफ्ते के इजी टू मैनेज योग कोर्स, यानी आसानी से किए जानेवाले योग के कार्यक्रम में उन्होंने यदि सहस्राब्दियों की नहीं तो सदियों की ही सही, लेकिन बुद्धि, ज्ञान, सूचना और तकनीक को पूरी स्पष्टता और सादगी से एकीकृत किया है।

विशेष रूप से वे उस प्रणाली की ओर विश्व का ध्यान आकर्षित करती हैं, जो शरीर, मन और आत्मा के संबंध को समझने का मौलिक आधार है। मन–शरीर, विषय–वस्तु, द्वैधताओं जैसे दो भिन्न आधारों वाले पहलुओं पर विश्व में चिकित्सा की किसी समग्र प्रणाली का विकास संभव नहीं था। इस कारण नौ हफ्ते के सरलता से किए जानेवाले योग कार्यक्रम की शुरुआत से पहले किसी भी गंभीर पाठक का परिचय ऐसे विचार और चिंतन से कराया जाना आवश्यक है, जो चिकित्सा की एक संपूर्ण प्रणाली के जैविक विकास तथा शरीर के प्रति समझ बढ़ाने में सहायक होते हैं।

डॉ. विनोद वर्मा अपनी पुस्तक की शुरुआत अच्छी सूझ–बूझ के साथ दो परिचयात्मक अध्यायों से करती हैं, जो इतिहास तथा दर्शन की पृष्ठभूमि के साथ वैश्विक सोच को विस्तार से बताते हैं। ऐसा करना उस परिस्थिति में विशेष रूप से आवश्यक था, जिसमें योग के गूढ़ शब्द का उपयोग और दुरुपयोग अकारण, बिना समझे–बूझे किया जा रहा था।

बँटे हुए विश्व में तथा मन और शरीर को अलग-अलग रूप में देखनेवाले जगत् में 'संपूर्णता' का संकेत देनेवाली अवधारणाओं का बाजारीकरण सामान्य सी बात है। यह हमारे वर्तमान विश्व में वस्तुवाद के मॉडल के प्रति आकर्षण एवं अनुराग का ही एक और सूचक है। डॉ. वर्मा ने सुनी-सुनाई कहानियों और व्यक्तिगत अनुभव के वर्णन से इनमें से कुछ भ्रांतियों को दूर करने में सफलता प्राप्त की है। उनकी पहली और आखिरी विनती यह है कि हमें संपूर्णता और समग्रता का प्रयास करना चाहिए। वे शरीर की जिस प्रणाली की चर्चा करती हैं, वह उसी संपूर्णता का अभिन्न अंग है और उसे अलग करके नहीं देखा जाना चाहिए। इस प्रकार योग न तो कलाबाजी है, न ही जिमनास्टिक है। यह शरीर, मन और चेतना का अनुभव करने की एक प्रणाली है।

'शरीर' की सोच तथा उसकी और उसके अंगों को समझने के प्रति उनका विशेष आग्रह अत्यंत महत्त्वपूर्ण है। संस्कृत शब्द 'शरीर', गुणार्थ या मुख्यार्थ रूप से अस्थि के ढाँचे और मांसल तथा अन्य प्रणालियों को नहीं बताता है; जबकि शरीर को लेकर इसी अर्थ को सामान्य रूप से माना जाता है। भारतीय परंपरा में शरीर को 'आत्मा' का एक निवास या साधन माना गया है। हालाँकि यह निवास या दैवी सत्ता का मंदिर, अर्थात् शरीर, नष्ट और मृत्यु को प्राप्त होनेवाला माना गया है, साथ ही आत्मा को बार-बार नए शरीर में वास करनेवाला बताया गया है। शरीर के एक शब्द से अनेक संबंधित शब्द उत्पन्न हुए हैं; जैसे—देह, तनु, क्षेत्र, अंग आदि। इनमें से प्रत्येक इसी पर बल देता है कि अवधारणा के स्तर पर शरीर उस दैवी सत्ता का आवास है, जिसे आत्मा कहते हैं। यह अपने आप में चेतन नहीं होता है। यही नहीं, इसका ढाँचा मूलभूत स्तर पर पाँच तत्त्वों—अर्थात् पंचभूत, आकाश, वायु, अग्नि, जल और धरती के उपयुक्त, किंतु असमान मेल से बना होता है। शरीर के अंदर मौजूद तत्त्वों के बीच समरसता शारीरिक, भावनात्मक और चित्तीय स्वास्थ्य के लिए अत्यंत महत्त्वपूर्ण है। इस प्रकार, शरीर सारी चीजों का आश्रय स्थल है, विशेष रूप से मन, वचन और प्राण का। शरीर मौलिक रूप से नश्वर और क्षणभंगुर है। 'वृहदारण्यक उपनिषद्' में यह वर्णन है कि किस प्रकार शरीर

पुनः मौलिक तत्त्वों में मिल जाता है। 'मृतक की वाणी अग्नि में मिल जाती है। उसकी साँस वायु में, आँखें सूर्य में, मन चंद्रमा में, कान आकाश की दिशाओं में और शरीर धरती में मिल जाता है।' तैत्तिरीय नाम का एक और उपनिषद् शरीर, आत्मा और प्राण की परस्पर निर्भरता की चर्चा करता है—

'शरीर प्राण में बसता है और प्राण का वास शरीर में होता है।'

उस अवधारणा, जिसका दृष्टांत ऊपर दिया गया है, को सौ गुना विस्तार से बताया जा सकता है। डॉ. विनोद वर्मा की पुस्तक का जहाँ तक प्रश्न है तो उसे पढ़ते समय इस पृष्ठभूमि और विचार को संज्ञान में रखना आवश्यक है। इस प्रकार शरीर आकर्षण, अनुराग का एक साधन नहीं है। यह अपने आप को अंदर और बाहर से समझने का एक पवित्र तंत्र है। इस तंत्र को पूर्ण रूप से संतुलित और सद्भाव में रखना जीवन की संपूर्णता के लिए एक आवश्यक पूर्व शर्त है। इस कारण 'योग' आज के जमाने के 'ब्यूटी पार्लर' का विकल्प नहीं है! सोच-विचारकर तैयार किए गए नौ महीने के कोर्स की शुरुआत से पहले डॉ. वर्मा की यह पुस्तक पाठकों को अपनी सोच में बड़ा बदलाव लाने का निवेदन करती है।

शरीर के विभिन्न अंग व प्रत्यंग के प्रति जानकारी, जागरूकता की तकनीकों और उनकी गतिविधियों के संबंध में वह सावधानी, किंतु दक्षता के साथ आगे बढ़ती हैं। एक नृत्यांगना तथा नाट्यशास्त्र की छात्रा होने के साथ ही संगीत-रत्नाकर होने के कारण पुस्तक के अध्यायों ने मेरे अंदर एक अद्भुत अभिरुचि पैदा की। संगीत और नृत्य की शिक्षा में भी शरीर, उसके अंगों तथा उसकी गतिविधियों के साथ-साथ साँस और वाणी के केंद्रों पर नियंत्रण पर पर्याप्त बल दिया जाता है। इसमें कोई संदेह नहीं कि डॉ. वर्मा की संक्षिप्त, सारगर्भित व्याख्या और मार्गदर्शन सीखनेवाले को पूरा-पूरा फायदा पहुँचाएगा; लेकिन इन अध्यायों के गर्भ में विभिन्न विषयों को समझने और उन्हें विकसित करने का रहस्य भी छिपा है, जिनकी खोज कर उनके बीच संबंध स्थापित कर ज्ञान को बढ़ाया जा सकता है। डॉ. वर्मा ने आध्यात्मिक पहलुओं को भी छुआ है। 'योग' और भारत की विभिन्न कलाओं के बीच करीबी तथा अभिन्न

संबंध भी उतना ही महत्त्वपूर्ण है। यह भारतीय परंपरा के अनुसार शरीर, मन और चेतना का, उसकी संपूर्ण सृजनात्मकता का एक स्तर है।

मुझे कोई संदेह नहीं कि इस पुस्तक के अंतरराष्ट्रीय संस्करण का पुनः प्रकाशन उतना ही लोकप्रिय होगा तथा इसमें भी संदेह नहीं कि यह उन सभी लोगों के लिए लाभकारी होगा, जो एक सर्वांगीण विकास करानेवाली जीवन-शैली की कामना करते हैं।

—कपिला वात्स्यायन

लेखिका की बात

यह पुस्तक सन् 1987 में लिखी गई थी, जब मैं जर्मनी और फ्रांस में रह रही थी। यह एक शुरुआती पुस्तक है, जो लोगों का परिचय योग से कराने और उसे जीवन की राह बनाने में मदद करती है। बीते 29 वर्षों में इस पुस्तक को छह विभिन्न भाषाओं में प्रकाशित किया गया है। अनेक भाषाओं के अनेकानेक संस्करण छप चुके हैं। आज भी मुझे अपने देश के लोगों के साथ ही दुनिया भर में रहनेवाले पाठकों के मेल मिलते हैं।

वर्ष 2006 में इसका एक संशोधित संस्करण प्रकाशित किया गया था। इन 29 वर्षों में मैंने योग तथा आयुर्वेद के विभिन्न पहलुओं के साथ ही स्त्रियों और साहचर्य पर 27 और भी पुस्तकें लिखीं और उन्हें प्रकाशित कराया है। इस पुस्तक का मौलिक महत्त्व आज भी वही है, जैसा कि कई दशकों पहले था, अर्थात् यह आज भी लोगों को जीवन के यौगिक तरीके की शुरुआत करने में मदद करती है, जिससे कि वे स्वास्थ्य और सुकून के साथ जी सकें। दुनिया भर में अधिक-से-अधिक लोगों के मन में यह बात घर कर रही है कि स्वस्थ और शांतिपूर्ण जीवन का रास्ता अपने शरीर की मशीन को दुरुस्त करने के लिए डॉक्टरों के भरोसे बैठने की बजाय अपनी जिम्मेदारी स्वयं उठाने से निकलेगा।

इसके अलावा, योग का मौलिक सोच हमें जीवन के मौलिक मूल्यों की शिक्षा देता है, जो इन दिनों घरों पर मिलनेवाली शिक्षा में देखने को नहीं मिलती। हम ऐसे समय में जी रहे हैं, जब हर कोई कहता है—'मेरे पास समय

नहीं है।' माता-पिता के पास बच्चों के लिए समय नहीं है और बच्चों के पास माँ-बाप के लिए समय नहीं है। उम्र के किसी पड़ाव पर जब जागरूकता आती है, तब युवाओं को इस प्रकार की किसी संक्षिप्त और सरल पुस्तक की आवश्यकता महसूस होती है, जो जीवन की सूझ-बूझ पर आधारित हो और उनकी सहायता एक मार्गदर्शक के रूप में कर सके।

मैं विभिन्न देशों में मौजूद अपने पाठकों में इस पुस्तक के प्रति उत्साह के लिए उनकी आभारी हूँ।

—विनोद वर्मा

प्रस्तावना

'योग' शब्द हमारे इस युग में सबसे अधिक प्रयोग में लाया जानेवाला शब्द है। बीते पच्चीस वर्षों में इसका उपयोग विभिन्न विचारों और अर्थों को व्यक्त करने के लिए क़िया गया। उनमें से इसका सबसे अधिक प्रयोग गूढ़ अर्थवाले एक शारीरिक व्यायाम के लिए किया गया है। कभी-कभी इसे कलाबाजी से भी जोड़ दिया जाता है। मैं जो कहना चाहती हूँ, उसके लिए प्रो. ज्याँ वरेन ने एकदम सही शब्दों का प्रयोग किया है—''योग, एक सबसे लोकप्रिय शब्द, जो पोस्टरों पर नजरों को खींचता है, भड़कीले अंदाज में छपी पत्रिकाओं के कवर पर दिखता है और प्रकाशकों की सूची का तो कहना ही क्या, वहाँ भी मौजूद रहता है। कोई कहता है—'हर शुक्रवार की दोपहर मैं योग करता हूँ। मुझे बड़ा आराम मिलता है।' तो कोई कहता है कि 'अपनी पीठ दर्द को कम करने के लिए मैं योग करता हूँ।' तकरीबन हर जगह आपको 'योग स्कूल' फलते-फूलते दिख जाएँगे, जो साँस को बीच-बीच में रोकने की एक प्रकार की स्वीडिश ड्रिल सिखाते हैं—शिक्षक अपने आप को विचित्र मुद्राओं में मरोड़ता है। उसके ग्राहक फर्श पर पैर मोड़कर देखने के सिवाय और कुछ करने की हिम्मत नहीं जुटा पाते और पैर मोड़कर बैठना भी कुछ देर बाद उनके लिए दुश्वार हो जाता है।''[1]

ऐसे में वे लोग, जो सचमुच योग को जानना चाहते हैं और यह समझना

---

1. *ज्याँ वरेन, 'योगा एंड द हिंदू ट्रेडिशन', पेज vii, 1976, द यूनिवर्सिटी ऑफ शिकागो प्रेस, शिकागो।*

चाहते हैं कि विभिन्न यौगिक क्रियाओं का उद्‌देश्य क्या है, उन्हें एक सही शिक्षक और सही पुस्तक मिल पाना कठिन होता है। यौगिक अभ्यासों पर फिलहाल जितनी भी पुस्तकें हैं, वे योग को महज धीमे जिमनास्टिक में बदल देती हैं। योग पर कुछ और पुस्तकें भी हैं, जो इस विधा को पूरी तरह से हिंदू परंपरा में ढालती हैं, जिसे स्वीकार करना कई लोगों के लिए मुश्किल हो जाता है। उन्हें एक ओर यौगिक मुद्राओं को करने में शारीरिक कठिनाई आती है तो दूसरी ओर वे योग के दार्शनिक पहलू को नहीं समझ पाते।

एक चिकित्सा वैज्ञानिक होने के साथ ही यौगिक परंपरा में पली-बढ़ी होने के कारण मैं अपने आप को एक सरल पुस्तक लिखने की बेहतर स्थिति में पाती हूँ, जिसमें सबसे पहले योग के गूढ़ अर्थों को समझाया गया है, ताकि पाठक यह जान सकें कि इसके अभ्यास से व्यक्ति आत्म-अनुभूति और चेतना के पथ पर चल सकता है।

दूसरा, यौगिक अभ्यासों को अनेक शारीरिक तैयारियों और मानसिक व्यायामों के साथ धीरे-धीरे सिखाया जाता है। पारंपरिक मुद्राएँ और ध्यान के अभ्यास तभी बताए जाते हैं, जब शरीर और मन ने उनके लिए आवश्यक शर्तों को पूरा कर लिया होता है। वयस्क होने के बाद मैंने अपना अधिकांश जीवन यूरोप और कुछ हद तक अमेरिका में बिताया है। वहाँ के लोगों को योग सिखाने के व्यावहारिक अनुभव ने मुझे यह समझने में मदद की है कि योग के मार्ग को अपनानेवाले प्रशिक्षुओं को किस प्रकार की शारीरिक और मानसिक कठिनाई का सामना करना पड़ता है।

यद्यपि योग को एक दार्शनिक विधा बनाने में दार्शनिक और शिक्षक पतंजलि (लगभग 500 ई.पू.) के योग सूत्रों या वचनों का पहले लिखित ग्रंथ के रूप में महत्त्व है, फिर भी भारत में यौगिक अभ्यासों की उपस्थिति भारत में 3,000 ई.पू. में मानी जाती है। योग की प्राचीनता की पुष्टि सिंधु घाटी सभ्यता की मुहरों और मूर्तियों से होती है, जिनमें अनेक यौगिक मुद्राओं को दिखाया गया है। मुझे लगता है कि इस प्राचीन विधा के किसी भी पहलू पर चर्चा से पूर्व इसके प्राचीन होने के विषय को समझ लेना कहीं अधिक

महत्त्वपूर्ण है। इसे आसानी से समझने के लिए विचारों को सुस्पष्ट तरीके से पेश करना तथा उन्हें उनके ऐतिहासिक परिप्रेक्ष्य में रखना आवश्यक है। इसे समझ लेने के बाद व्यावहारिक पहलू की बारी आती है। इस दिशा में मेरा जोर पूरी तरह से चरणबद्ध रूप से आगे बढ़ने पर रहता है। योग चूँकि एक अत्यंत प्राचीन अभ्यास है, इस कारण योगासनों को प्राचीन समय के लोगों ने अपनी जीवनपद्धति के अनुसार अपनाया। उन दिनों लोग अपने शरीर का उपयोग श्रम के लिए कहीं अधिक किया करते थे। हमारी इस धरती पर जीवन में विश्राम के अवसर भी अधिक थे। उस समय के लोगों के पास आज की तुलना में भौतिक ऐशो-आराम की सुविधाएँ नहीं थीं, फिर भी ईश्वर ने उन्हें अधिक उदार मन और लचीला शरीर दिया था। पिछली कुछ सदियों में हमने इसे गँवा दिया है और शारीरिक तथा मानसिक रूप से कठोर हो चुके हैं। इस कारण यौगिक अभ्यासों की शुरुआत उनके पारंपरिक स्वरूप में करना कठिन हो जाता है; क्योंकि हमारे पास उसके लिए आवश्यक शांत मन और लचीला शरीर नहीं है। हमें योग के पथ पर चलने से पहले अपने आप को शारीरिक और मानसिक रूप से तैयार करना पड़ता है।

अपने उपर्युक्त कथन को और विस्तार से समझाने के लिए मैं यौगिक अभ्यासों को सीखने की तुलना किसी नई भाषा को सीखने की प्रक्रिया से करना चाहूँगी। अंग्रेजी भाषा का ज्ञान रखनेवाले को फ्रेंच सीखने की शुरुआत से पहले यह फायदा होता है कि उसे पहले से ही न केवल लैटिन वर्णमाला की जानकारी होती है, बल्कि इन दोनों भाषाओं के समान मूल से उद्गम का लाभ भी मिलता है। इस प्रकार, नई भाषा की सीखने की शुरुआत एक पहले से ही जाने हुए स्तर से होती है; हालाँकि वह व्यक्ति यदि चीनी भाषा सीखना चाहता है तो उसे एकदम शुरू से सीखना पड़ेगा।

इस पुस्तक में दिए गए यौगिक अभ्यास का कोर्स पूरी तरह मौलिक है। यही नहीं, इसे अच्छा शारीरिक और मानसिक स्वास्थ्य देने के मूल उद्देश्य से तैयार किया गया है। शारीरिक स्वास्थ्य के बिना किसी भी आध्यात्मिक पथ पर चलना संभव नहीं होता है। यह शरीर[2] पवित्र होता है, क्योंकि इसमें

आत्मा का वास होता है, जो योग की परंपरा के अनुसार उस सर्वशक्तिमान का एक अंश है।

तकनीकी रूप से उन्नत देशों तथा विश्व के लगभग सारे ही बड़े शहरों में मनुष्य को उसके जीवन के मशीनी रूप का अनुभव होने लगता है। इस कारण हमारे शरीर और मन के बीच संवाद ठप हो जाता है। हम अपने शरीर का उपयोग एक उत्पादन के रूप में करते हैं और उसकी गहरी व आंतरिक आवश्यकताओं की ओर बिलकुल भी ध्यान नहीं देते। इस पुस्तक में जिन यौगिक अभ्यासों को पिरोया गया है, वे वर्तमान युग में मनुष्य की आवश्यकताओं को पूरा करते हैं। अगर मुझे गलत न समझा जाए तो मैं इस बात पर जोर देना चाहूँगी कि मैंने किसी भी पारंपरिक अवधारणा में कोई फेर-बदल नहीं किया है। मैंने सरल मानसिक और शारीरिक व्यायामों को धीरे-धीरे क्रमवार बताया है। ऊपर मैंने नई भाषा सीखने का जो उदाहरण दिया था, उससे प्रेरणा लेते हुए मैंने शब्दों को अक्षरों में बाँट दिया है और उन अक्षरों को फिर से साथ लाकर कुछ शब्द गढ़े हैं। यही नहीं, उन अक्षरों को साथ लाकर नए शब्द बनाए हैं, जिससे कि यौगिक अभ्यासों को आसानी से सीखा जा सके। उदाहरण के लिए, यदि किसी विशेष आसन में गरदन और पैर तथा साँस की गतिविधि शामिल है तो पहले इन तीनों की शिक्षा अलग-अलग दी जाती है।

इस तरीके से, शरीर के सारे अंगों की सहायता से किसी अभ्यास को करने से पूर्व प्रत्येक अंग को अलग से लचीला बना लिया जाता है। व्यक्तिगत स्तर पर जबरदस्त विविधता देखने को मिलती है और प्रत्येक स्त्री या पुरुष अपने कमजोर बिंदुओं का पता लगाती या लगाते हैं। एक शिक्षक के रूप में प्राप्त अपने अनुभव से मैंने सीखा है कि विभिन्न अभ्यासों के दौरान लोगों को किस प्रकार की कठिनाइयों का सामना करना पड़ता है। मैंने इस बात का ध्यान रखा है, ताकि इस पुस्तक का प्रयोग करनेवालों को निराशा न हो और वे धैर्य तथा साहस के साथ विभिन्न अभ्यासों को सफलता से करने की दिशा में

2. *यहाँ 'शरीर' शब्द का प्रयोग यौगिक परंपरा के संदर्भ में किया गया है। इसका अर्थ हमारे भौतिक अस्तित्व, यानी शरीर, मन और बुद्धि से है।*

आगे बढ़ सकें। अभ्यासों को बार-बार दोहराने से कमजोरी को दूर किया जा सकेगा और फिर समग्र रूप से की जानेवाली गतिविधियाँ तथा ध्यान लगाना सीखनेवालों के लिए बहुत आसान हो जाएगा। किसी को भी अपने शरीर के विभिन्न अंगों के विषय में एक चेतना का अनुभव होगा। वास्तव में, शरीर और मन को एक समग्र रूप देनेवाले अभ्यास की दिशा में बढ़ने से पहले इस प्रकार अलग-अलग अंगों को समझना अनिवार्य होता है।

पश्चिम के पूर्वी गुरुओं द्वारा पतंजलि के यौगिक सिद्धांतों का प्रचार-प्रसार और अभ्यास व्यापक रूप से किया जाता है। हालाँकि मुझे यह देखकर घोर निराशा हुई कि उन्हें रहस्यमयी बना दिया जाता है और सतही तौर पर ही समझा जाता है। संभवत: रहस्यमयी और कुछ अधिक सरल बनाने के पीछे इसे पश्चिम में एक बिकनेवाला उत्पाद बनाने की मंशा है। 'ध्यान' पर पश्चिम के सबसे लोकप्रिय स्कूल की परंपरा है कि वह नए लोगों को शामिल करने की शुरुआत वहाँ के गुरु को फल, फूल, वस्त्र आदि भेंट कर करता है, जैसा कि पारंपरिक हिंदू दीक्षा संस्कारों में होता है। कोई जब उनके किसी सूचना केंद्र पर जानकारी के लिए जाता है तो दीक्षा समारोह की जानकारी देने के बाद वे यह बताते हैं कि आपको एक गुप्त शब्द दिया जाएगा और उस गुप्त शब्द को बुदबुदाने से आपको सारी परेशानियों से मुक्ति मिल जाएगी।

मेरे एक मित्र ने दीक्षा देनेवाले से पूछ लिया, "उस शब्द को गुप्त क्यों रखा जाता है?"

उसने धीरे से रहस्यमयी अंदाज में कहा, "ध्यान लगाने के लिए ऐसा करना आवश्यक होता है।"

पतंजलि का कभी योग के दर्शन और अभ्यास को रहस्य या गुप्त बनाने का कोई इरादा नहीं था। ध्यान के विषय पर योग सूत्रों पर दूसरे अध्याय में पतंजलि कहते हैं कि स्वाध्याय या बुदबुदाना एकाग्रता का एक अभ्यास है। ऊपर पूछे गए प्रश्न का उत्तर सही परिप्रेक्ष्य में दिया जाए तो यह कहा जा सकता है कि उस शब्द का प्रयोग मन से विभिन्न विचारों को बाहर निकालना है, क्योंकि

उस शब्द के बारंबार उच्चारण से हमारे मन के सारे विचार धीरे-धीरे निकल जाते हैं। चूँकि विचार की प्रक्रिया किसी संदर्भ से जुड़ी होती है और यह शब्द केवल किसी एक व्यक्ति तक सीमित रहता है, इस कारण वह अन्य विचारों या अन्य लोगों से जुड़े विचारों से मुक्त रहता है। उदाहरण के लिए, यदि कोई इस शब्द के विषय में अपने दोस्तों को बताता है तो संभव है कि जाप के दौरान उसके मन में अपने दोस्तों से उसे साझा करने का विचार उत्पन्न हो जाए। फिर उन लोगों से जुड़ी बातें भी मन में आ जाएँगी।

इस पुस्तक में मैंने दैनिक जीवन के सभी पहलुओं, शरीर की दशाओं तथा हम सबके अस्तित्व से जुड़ी मानसिक स्थितियों का खयाल रखा है। यह पुस्तक किसी एक निश्चित आयु वर्ग को ध्यान में रखकर ही नहीं लिखी गई है। आत्म-अनुभूति का ज्ञान करानेवाले पथ पर चलने के लिए कोई उम्र न बहुत कम होती है, न ही बहुत अधिक। कुछ बुजुर्गों को इस पुस्तक में बताई गई यौगिक मुद्राएँ करने में कठिनाई हो सकती है; लेकिन उन्हें अन्य सरल तथा मौलिक यौगिक अभ्यासों, प्राणायाम तथा विचारों को दूर करने के अभ्यासों का लाभ मिल सकता है। बीमार और बिस्तर पर पड़े लोग उँगलियों, हाथों, पैरों आदि के कुछ सरल यौगिक अभ्यासों को सीख सकते हैं। वे अपने आप को स्वस्थ करने और तेजी से दुरुस्त करने के लिए ध्यान लगाने के अभ्यास का प्रयोग कर सकते हैं। आत्मबोध के पथ पर चलने के लिए बच्चों को भी प्रेरित और शामिल किया जाना चाहिए। इस पुस्तक के अंत में बच्चों को यौगिक अभ्यास की शिक्षा दिए जाने संबंधी कुछ विशेष निर्देश दिए गए हैं।

मैं इस पुस्तक के पाठकों से यह आग्रह करना चाहती हूँ कि वे इसे किसी व्यायाम पुस्तिका के रूप में न लें और न ही योग को उसके बहुआयामी पहलू की अपेक्षा एक पक्ष तक सीमित कर दें। कृपया पहले अध्याय को ध्यानपूर्वक पढ़ें और इस सिद्धांत को उसकी समग्रता के साथ समझें। उसके बाद ही इस पुस्तक में दिए गए मौलिक अभ्यासों को सीखने की दिशा में आगे बढ़ें।

—विनोद वर्मा

आभार

मैंने यह पुस्तक महर्षि पतंजलि के 'योग सूत्र' का अनुवाद करने के बाद लिखी। यह अनुवाद मैंने लोगों को योग की दीक्षा देने और उसे अपनी जीवन-शैली के रूप में अपनाने के लिए प्रेरित करने के लिए किया था। मैं अपने आध्यात्मिक गुरु पतंजलि की आभारी हूँ, जिनसे मुझे इस पुस्तक को लिखने की प्रेरणा मिली।

मैं अपने स्व. पिताजी के प्रति भी गहरा आभार व्यक्त करती हूँ, जिनसे मैंने योगासन और यौगिक क्रियाओं के पीछे के दर्शन को सीखा। उन्होंने परंपराओं में मेरी शिक्षा-दीक्षा में गहरी दिलचस्पी दिखाई। इसके साथ ही मुझे दुनिया के कुछ सबसे विख्यात संस्थानों में पढ़ने का अवसर भी दिया।

मैं अपने दोनों भाइयों की भी आभारी हूँ, जिन्होंने इस पुस्तक के चित्रों तथा अन्य संबंधित कार्यों में पूरे उत्साह के साथ मेरी सहायता की। फोटोग्राफी सेशन के दौरान मेरे भतीजे और भतीजी अभिनव (6 साल) एवं गायत्री (3 साल) प्यारे-प्यारे लग रहे थे। योगासनों को सीखने के प्रति उनका समर्पण तथा इस पुस्तक को लेकर उनके उत्साह के कारण ही इस पुस्तक में उनके इतने सारे चित्रों को शामिल किया जा सका है। और अंत में, लेकिन महत्त्वपूर्ण रूप से, मैं अपने छात्रों की आभारी हूँ, जिनसे मैंने यौगिक शिक्षा की राह में आनेवाली कठिनाइयों को जाना।

स्वास्थ्य ही सद्‌गुण, संपत्ति और इंद्रिय सुखों तथा मुक्ति को प्राप्त करने का आधार होता है; जबकि रोग इन सबको नष्ट कर देता है।

अनुक्रम

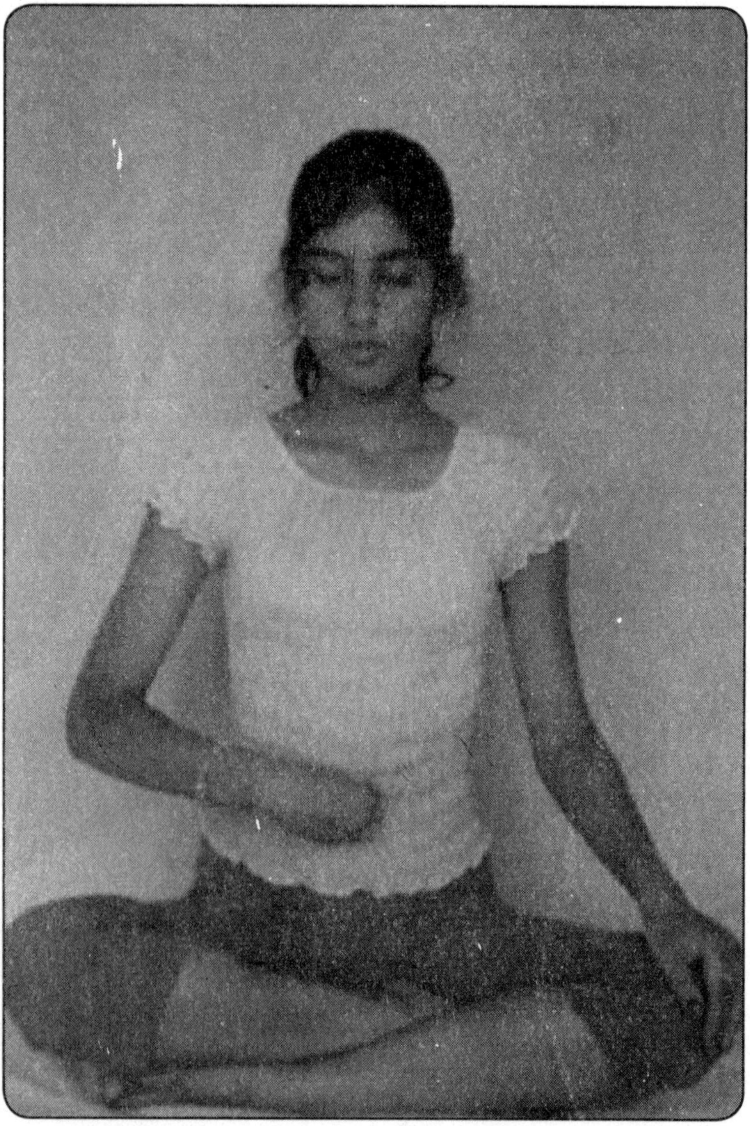

1

योग और भारतीय परंपरा : एक संक्षिप्त इतिहास

योग के इतिहास को जानने के लिए हमें 5,000 वर्षों के भारतीय इतिहास को समझना होगा। योगासनों का पहला चित्रण उस प्राचीन सिंधु घाटी सभ्यता की मुहरों और मूर्तियों पर मिलता है, जो लगभग 3,000 ई.पू. में अस्तित्व में थी। उनमें से एक मुहर में सबसे महान् योगी (महायोगी) कहे जानेवाले भगवान् शिव की छवियों की एक प्रतिकृति भी है। वे यौगिक मुद्रा में बैठे हैं और उनके आसपास जंगली जानवर हैं। भगवान् शिव को 'पशुपतिनाथ', यानी पशुओं के रक्षक के रूप में जाना जाता है और नेपाल के काठमांडू में 'पशुपतिनाथ' का एक बहुत विशाल मंदिर भी है।

ऐसा कहा जाता है कि लगभग 2,000 ई.पू. में यूरोप तथा मध्य एशिया से आर्यों के आगमन के साथ ही इस सभ्यता को उनका गुलाम बना लिया गया। आर्य मुख्य रूप से पशुओं को पालनेवाले ग्रामीण लोग थे, जो पूर्वी यूरोप और मध्य एशिया के बीच के क्षेत्र में रहते थे। भारतीय विद्वानों समेत भारतीय दर्शन और संस्कृति के कुछ जाने-माने विशेषज्ञ भारत के अतीत की इस व्याख्या से सहमति नहीं रखते। किसी भी लिहाज से यह मान लेना तर्कसंगत नहीं लगता कि सिंधु घाटी की महान् सभ्यता के लोगों, जो पूरी तरह से सुनियोजित शहरों में रहते थे तथा जहाँ का समाज सुगठित था, को उन आर्यों द्वारा इतनी आसानी से तबाह और बरबाद कर दिया होगा,

जिन्हें देहाती कहा जाता है और जिनकी सभ्यता भी कोई जानी-मानी नहीं थी। सिंधु सभ्यता अपने चरम पर थी, क्योंकि मेसोपोटामिया और बेबीलोन जैसी अन्य महान् सभ्यताओं के साथ उनके स्थापित व्यावसायिक संबंध थे। यह मान लेना तर्कसंगत नहीं लगता कि खानाबदोश आर्य थोड़े ही समय में इतने होशियार हो गए कि उन्होंने विश्व को महान् भाषाओं, वेदों का कालातीत ज्ञान तथा प्राचीन भारतीय साहित्य की अन्य महान् रचनाओं की सौगात दे दी।

(इस विषय से संबंधित अधिक दस्तावेज गूगल लाइब्रेरी में 'द साइंटिफिक वैलेडिक्शन ऑफ द वैदिक नॉलेज' के अंतर्गत देखे जा सकते हैं।)

'हिंदू' शब्द की उत्पत्ति के विषय में खोज करने पर अत्यंत दिलचस्प जानकारी सामने आती है। सिंधु नदी के किनारे रहनेवाले लोग 'सिंधु' कहलाते थे और उच्चारण में कठिनाई के कारण पड़ोस में रहनेवाले फारसी उसे 'हिंदू'

(चित्र-1 : योगासन में बैठे शिव की प्रतिकृति, मोहनजोदड़ो, 3000 ई.पू.।)

कहते थे। यह नाम फारस से यूनान आया और फिर पूरी दुनिया ने प्राचीन भारतीयों को इसी नाम से बुलाना शुरू कर दिया।[3]

ब्रह्मसर्वव्यापी आत्मा या परम पुरुष

पश्चिम के लोग अकसर भारतीय परंपरा के अनेकानेक दर्शनों और असंख्य देवताओं के विषय में जानकर भ्रम में पड़ जाते हैं। ऐसे में यह समझ लेना आवश्यक है कि इन सारे देवी-देवताओं का सृजन इस उद्देश्य से किया गया था कि परम सत्य ब्रह्म या सर्वव्यापी आत्मा, यानी परम पुरुष तक पहुँचा जा सके। परम पुरुष तक पहुँचने के मार्ग को जानने और समझने के लिए ही दर्शन की विविध विचारधाराओं का जन्म हुआ। ब्रह्म निराकार होता है और साकार के लिए उस अज्ञात तक पहुँचना कठिन होता है। देवी-देवताओं के कारण यह रास्ता थोड़ा आसान हो जाता है। दूसरा, विभिन्न देवी-देवता दार्शनिक प्रतीकों के रूप में हैं। उदाहरण के लिए, भगवान् शिव का त्रिशूल प्रकृति के तीन गुणों (इन गुणों का वर्णन आगे किया गया है) का प्रतीक है, बाघ की उनकी छाल इच्छा को बताती है और उनकी सवारी, नंदी बैल, चार पैरोंवाला धर्म है। देवी 'काली' शक्ति की प्रतीक हैं। उनके गले में लटकी नरमुंडों की माला बुद्धि और शक्ति तथा उनकी जीभ उस 'रज गुण' की शक्ति का प्रतीक है, जो सारी गतिविधियों के लिए बल प्रदान करता है। उनके हाथों में बलि चढ़ानेवाली तलवार और कटा हुआ सिर विघटन एवं विनाश के प्रतीक हैं। उनकी कमर पर लटके कटे हाथ कर्म को निरूपित करते हैं।

ऐसा माना जाता है कि वेदों, ब्राह्मणों और उपनिषदों की रचना 1500 ई.पू. में की गई थी। हालाँकि यह मौखिक परंपरा इस युग से काफी

---

3. *इस पुस्तक में 'हिंदू धर्म' या 'हिंदुत्व' शब्द का प्रयोग नहीं किया गया है, क्योंकि हिंदू धर्म या जिसे संस्कृत में 'सनातम धर्म' कहा जाता है, वह कोई धर्म नहीं, बल्कि दुनिया को देखने का एक तरीका है। इसका कोई संस्थापक नहीं है और यह 'सनातन परंपरा' या सार्वभौमिक नियम की ओर संकेत करता है। धर्म का अर्थ उस व्यवस्था से लगाया जाता है, जिसकी सहायता से ब्रह्मांड और उसकी सारी रचनाओं—ब्रह्मांडीय, धार्मिक, सामाजिक आदि का पालन किया जाता है।*

पहले ही अस्तित्व में आ चुकी थी। इन प्राचीन शास्त्रों में इस संसार से पूर्णतया मुक्त होने तथा परम पुरुष में समा जाने के उपाय बताए गए हैं। कुछ सदियों बाद महाभारत जैसी महान् रचना के काल में यही भक्तिपूर्ण तथा आध्यात्मिक संदेश कविताओं के रूप में—'श्रीमद्‌भगवद्‌गीता' के माध्यम से जन-जन तक पहुँचाया गया।

ब्रह्म ईश्वर नहीं, बल्कि सारे जीवों का सार है। भगवद्‌गीता में इसकी व्याख्या इस प्रकार की गई है—

"शाश्वत परम ब्रह्म को न तो जीवित और न ही अजीवित कहा जा सकता है, जिसमें कोई चेतना नहीं होती, असंबद्ध, सबके साथ, गुणों से मुक्त तथा गुणों से युक्त, सारे जीवों में मौजूद, अचल के साथ ही चल भी, अपनी सूक्ष्मता के कारण देखा न जा सकनेवाला, वह[4] जो एकदम करीब है और दूर भी है। जीवों के बीच अविभाजित, वह विनाश करता है और जन्म देता है। वह जो प्रकाशों का प्रकाश है, उसे अँधेरे से ऊपर कहा जाता है, बुद्धि, बुद्धि का विषय, विवेक से पहुँचा जानेवाला, जो सबके हृदय में स्थित है।[5]

'छांदोग्य उपनिषद्' की एक कथा निराकार और असीम ब्रह्म की व्याख्या करती है, जिसमें ऋषि उद्‌दालक और उनके पुत्र श्वेतकेतु के बीच वार्त्तालाप हुआ है—

"बरगद के पेड़ का एक फल लेकर आओ।"

"यह लीजिए, गुरुदेव।"

"इसे तोड़ो।"

"मैंने तोड़ दिया, गुरुदेव।"

"तुम्हें क्या दिखाई दे रहा है?"

"बहुत छोटे-छोटे बीज, गुरुदेव।"

"इनमें से एक को तोड़ो।"

---

4. *'वह' सर्वनाम का प्रयोग बहुधा ब्रह्म की व्याख्या के लिए तथा उसके निराकार रूप के लिए किया जाता है।*

5. *भगवद्‌गीता, XIII, 12, 14-17.*

"मैंने तोड़ दिया, गुरुदेव।"

"अब तुम्हें क्या दिख रहा है?"

"कुछ भी नहीं, गुरुदेव।"

पिता ने कहा, "वत्स, तुम जिसे नहीं देख पा रहे हो, वही सार है और उसी सार के कारण यह विशाल बरगद का पेड़ अस्तित्व में है। विश्वास करो, मेरे पुत्र, वही सारे अस्तित्व की आत्मा का सार है। वही सत्य है और वही आत्मा है और तुम वही आत्मा हो, श्वेतकेतु!"[6]

व्यक्ति जीवन और मृत्यु के उस चक्र से गुजरते रहते हैं, जिसे 'संसार' कहते हैं। एक जीवन में किए कर्मों के कारण अगले जीवन के सुख और दुःख का निर्धारण होता है।

यह चक्र निरंतर चलता रहता है और जन्म तथा मृत्यु के इस कष्ट से ही मुक्ति की कामना की जाती है। अनश्वरता, यानी परम ब्रह्म से एकाकार हो जाने के मार्ग पर चलने से ही मुक्ति मिलती है।

'संसार' और जन्म-मरण के चक्र द्वारा दिए जानेवाले कष्ट को समझने के लिए हम एक दिन के छोटे से पैमाने को लेते हैं। सोचिए, यदि आपको किसी कमरे में बार-बार बुलाया जाए और थोड़ी-थोड़ी देर पर (5-15 मिनट) आपसे कहा जाए कि आप चले जाइए। आप जैसे ही बाहर जाते हैं, वैसे ही आपको फिर से अंदर बुला लिया जाता है। यह न केवल उबाऊ होगा, बल्कि खीज पैदा करनेवाला, थकानेवाला होगा। आप पूरी कोशिश करेंगे कि कोई-न-कोई ऐसा तरीका ढूँढ़ें, जो आपको इससे छुटकारा दिला सके। अनेक जीवन के बड़े पैमाने पर इसे देखें तो हम जब-जब इस संसार में आते हैं, तब-तब सीखते हैं, बनाते हैं, इसमें रम जाते हैं और इतने आसक्त हो जाते हैं, मानो सदा के लिए यहीं रहना है; लेकिन एक दिन हमें वह सब छोड़कर जाना पड़ता है, जिसे हमने बनाया, जिससे प्यार किया और उसे सजाया-सँवारा। सबकुछ यहीं रह जाता है। यह शरीर, जो हमारी पहचान होता है, यह भी नष्ट हो जाता है। वैदिक परंपरा के अनुसार, वास्तविक आत्मा का

---

6. छांदोग्य उपनिषद्, VI, 12

सार वही ब्रह्म है, जो हमारे भीतर है और जो मृत्यु के समय हमारे शरीर से निकल जाता है और फिर से जन्म लेता है।

पुराने जमाने के ऋषियों ने आने-जाने के चक्र को रोकने तथा शाश्वत मुक्ति पाने और अमरत्व का पता लगाने के उपायों की खोज की। यह पारंपरिक वैदिक अवधारणाओं की एकदम संक्षिप्त पृष्ठभूमि है। फिर भी, एक मार्ग और एक दार्शनिक विधा के रूप में योग को समझने की शुरुआत यहाँ से हो सकती है।

भारतीय परंपरा के परिप्रेक्ष्य में योग

संस्कृत शब्द 'योग' का शाब्दिक अर्थ होता है—जुड़ाव, संपर्क, संबंध या मानसिक एकाग्रता। यह शब्द संस्कृत के मूल शब्द 'युज' से बना है, जिसका अर्थ होता है—मन या विचारों को अधीन करना, बाँधना, एक करना, एकाग्र करना, अपने ध्यान को लगाना या गहरी साधना करना। 'युज' शब्द और लैटिन भाषा के 'जंगर' शब्द का मूल एक ही है, जिसका अर्थ होता है—जोड़ना और इस कारण इससे अंग्रेजी में 'योक', फ्रेंच में 'जोके' और जर्मन में 'इयोक' (जिसका अर्थ एक ऐसे फ्रेम से है, जिससे दो जानवरों को जोड़कर उनसे एक साथ काम लिया जाता है) शब्द बना है। 'योग' शब्द उस पथ या राह की ओर संकेत करता है, जो परमात्मा से मिलाता है। इसका प्रयोग व्यायामों, शारीरिक मुद्राओं और आत्म-अनुशासन से जुड़े अन्य अभ्यासों को बताने के लिए भी किया जाता है।

योग हिंदू परंपरा के छह महान् दर्शनों या विचारों की प्रणालियों में से एक है। संसार से मुक्ति के उद्देश्य की पूर्ति को लेकर इन सभी छह महान् दर्शनों की सोच अलग-अलग है। योग इनमें से ही एक सांख्य के दर्शन के बेहद करीब है। सांख्य ने योग को एक आध्यात्मिक आधार दिया है। वास्तव में योग एक तकनीकी दर्शन है, जो हमें उस अंतिम लक्ष्य की प्राप्ति की तकनीकों के विषय में बताता है। योग के सिद्धांत की चर्चा करने से पहले हमें उसके आध्यात्मिक आधार अर्थात् सांख्य दर्शन को समझ लेना चाहिए।

सांख्य दर्शन

सांख्य (इस शब्द का शाब्दिक अर्थ होता है 'संख्या') के अनुसार, ब्रह्मांड की उत्पत्ति को पच्चीस तत्त्वों में बाँटा गया है। *पुरुष,* यानी परमात्मा और *प्रकृति,* ब्रह्मांडीय तत्त्वों के दो प्रमुख घटक हैं। *प्रकृति* के तीन घटक रूप या *गुण* होते हैं—*सत्त्व* (सत्य, गुण, सुंदरता और संतुलन से संबंधित परिवर्तन), *रज* (गति, बल और प्रभाव से संबंधित परिवर्तन) और *तम* (ऐसे परिवर्तन, जो गति को रोकते व बाधित करते हैं और उसका विरोध करते हैं)। *प्रकृति* के अंदर कार्य करने की कोई इच्छा नहीं होती, क्योंकि वह अचेतन होती है। *पुरुष प्रकृति* का चेतन सिद्धांत होता है और उसमें कोई गुण नहीं होता। यही तत्त्व में प्राण फूँकता है। पुरुष और प्रकृति के मेल से ही सारी सृष्टि की रचना हुई है। इसी मेल से अगले तीन तत्त्वों का जन्म होता है। वे हैं—बुद्धि, व्यक्तिवादिता का सिद्धांत एवं मन—और इस प्रकार व्यक्ति की एक अलग पहचान बनती है। इस आखिर के तत्त्व से पाँच सूक्ष्म तत्त्व (आकाश, वायु, अग्नि, जल और धरती) उत्पन्न होते हैं और इन पाँच सूक्ष्म तत्त्वों से इनसे जुड़े पाँच तत्त्व (ध्वनि, स्पर्श, रूप, स्वाद तथा गंध) उत्पन्न होते हैं। आखिर के इन पाँच तत्त्वों से जुड़ी होती हैं—पाँच इंद्रियाँ (सुनना, अनुभव करना, देखना, स्वाद लेना और सूँघना) तथा पाँच कर्मेंद्रियाँ (बोलना, पकड़ना, चलना, उत्सर्जन करना और प्रजनन करना)।

इस भौतिक जगत् के निर्माण से पूर्व, यानी पुरुष और प्रकृति के मिलन से पहले, प्रकृति के तीन गुण पूर्ण संतुलन में रहते हैं। सृष्टि की रचना के बाद यह संतुलन कर्म से लगातार बदलता रहता है। कर्म पुरुष और प्रकृति के मेल की अंतर्जात प्रकृति होती है।

सांख्य दर्शन के अनुसार, ज्ञान से ब्रह्मांड के परम सत्यों के बीच अंतर को समझकर ही मुक्ति पाई जा सकती है। पतंजलि का प्राचीन योग सांख्य पर आधारित है और हम कह सकते हैं कि योग हमें सांख्य दर्शन के ज्ञान के व्यावहारिक पहलुओं की शिक्षा देता है।

पतंजलि के योग सूत्र

योग के संबंध में पहली बार हमें विधिवत् रूप से यदि कोई शास्त्र मिलता है तो वह है 500 ई.पू. में रचित 'पातंजल योगसूत्र'। इसने ही योग का परिचय एक सिद्धांत या दर्शन के रूप में कराया।

उस पुस्तक में 195 सूत्र हैं, जिन्हें चार अध्यायों में विभाजित किया गया है। पुस्तक में पतंजलि ने तप और ध्यान के उन अभ्यासों की पूरी शृंखला को एक सूत्र में पिरोया, जिनका ज्ञान भारत के लोगों को प्राचीनतम काल से ही था। पतंजलि ने उस ज्ञान को सिद्धांत की दृष्टि से वैधता प्रदान की। पतंजलि की महानता इस कारण है, क्योंकि उन्होंने मानव मन की गतिविधियों को अच्छी तरह समझा और ध्यान की प्राप्ति की प्रक्रिया में उसके विभिन्न चरणों का विश्लेषण किया। भगवद्गीता की तुलना में योग सूत्रों का प्रमुख बल भक्ति पर नहीं, बल्कि स्वयं व्यक्ति पर, उसकी बुद्धि, मन और शरीर तथा ब्रह्मांड से उनके संबंधों पर है।

योग सूत्र के पहले हिस्से में पतंजलि ने योग की व्याख्या 'योगश्चित्तवृत्तिनिरोधः' के रूप में की है, अर्थात् 'चित्त (मन) की समस्त वृत्तियों का पूरी तरह रुक जाना ही योग है।' मन के विचार करने के सिद्धांत के अनुसार मन में विचारों का लगातार आना और जाना बना रहता है। विचारों के इस प्रवाह को रोकने के लिए किया गया प्रयास ही योग है। इसके बाद उन्होंने मन में आनेवाले विभिन्न प्रकार के परिवर्तनों तथा इन परिवर्तनों को रोककर मन में स्थिरता लाने के उपायों की विस्तार से व्याख्या की है। आत्मा, जो हमारे अंदर के 'पुरुष' का एक अंश है, वह मन में आनेवाले परिवर्तनों का एक निष्क्रिय पर्यवेक्षक होता है। ध्यान से जब परिवर्तनों को रोक दिया जाता है, तब मन आत्मा के साथ एकाकार हो जाता है।

महर्षि पतंजलि ने आगे योग के रास्ते में आनेवाली विभिन्न बाधाओं की व्याख्या की है और उन्हें दूर करने के उपाय सुझाए हैं। फिर वह ध्यान के विभिन्न चरणों की चर्चा करते हैं। ध्यान की सर्वोच्च अवस्था से ज्ञान (प्रज्ञा) की प्राप्ति होती है। ज्ञान से ही अपनी वास्तविकता यानी आत्मा की पहचान होती है, जो ब्रह्मांडीय तत्त्व से भिन्न होता है।

योग सूत्र के दूसरे हिस्से में योग के व्यावहारिक पक्ष की चर्चा है। इसमें कष्ट के निवारण के विभिन्न उपायों के विषय में बताया गया है। अज्ञान या अविद्या के कारण ही कष्ट होते हैं। भौतिक जगत् और अपने सांसारिक अस्तित्व को स्थायी मान लेने की धारणा ही अविद्या का कारण होती है। ऐसा ब्रह्मांडीय तत्त्व से आत्मा को अलग रूप में देख पाने की क्षमता के अभाव के कारण होता है। आगे पतंजलि ने बताया है कि अष्टांग योग अर्थात् योग के आठ चरणों के अभ्यास से कष्ट को दूर किया जा सकता है। वे हैं—

1. यम
2. नियम
3. आसन
4. प्राणायाम
5. प्रत्याहार
6. ध्यान
7. धारणा
8. समाधि।

तीसरे हिस्से में ऊपर वर्णित आखिरी तीन यौगिक अभ्यासों की चर्चा की गई है—ध्यान, धारणा और समाधि तथा इन्हें प्राप्त करने के उपाय। ये तीनों जब एक उद्देश्य से कार्य करते हैं तो उसे 'संयम' कहते हैं। 'संयम' से व्यक्ति में विवेक की क्षमता उत्पन्न होती है और विविध कारकों पर 'संयम' रखने से विभिन्न प्रकार की 'सिद्धि' प्राप्त होती है। 'सिद्धि' चित्त की एक विशिष्ट शक्ति होती है, जैसे चीजों की तह तक पहुँचने की, किसी को स्वस्थ करने की क्षमता आदि। 'संयम' से इंद्रियों पर विजय प्राप्त की जाती है। एक योगी को अपनी शक्तियों के प्रति उदासीन होना चाहिए तथा अपनी सिद्धियों के चमत्कार का प्रदर्शन नहीं करना चाहिए, क्योंकि इससे सांसारिक उद्देश्यों में उसके शामिल होने से एक बार फिर वह बुराई में फँस जाएगा।

चौथे भाग में पतंजलि ने बताया है कि सिद्धि की प्राप्ति जन्म से, औषधियों से, मंत्रोच्चारण से, वैराग्य लेने या समाधि से होती है। उन्होंने स्पष्ट

किया है कि अन्य सिद्धियों के विपरीत समाधि से प्राप्त होनेवाली सिद्धियों का प्रदर्शन नहीं किया जाता। इसकी बजाय इनका प्रयोग इंद्रियों पर विजय पाने के लिए किया जाना चाहिए। मन में आनेवाले परिवर्तनों के विषय में आत्मा को सदैव जानकारी होती है, क्योंकि वह उन पर नजर रखती है और उसमें कभी परिवर्तन नहीं होता। विचार का सिद्धांत, आत्मा तथा वह व्यक्ति उस विषय को सकल रूप में प्रस्तुत करता है। मन आत्मा के साथ मिलकर काम करता है और अनेकानेक छवियों के कारण भिन्न होने के बावजूद उसके लिए ही अस्तित्व में रहता है। जब कोई सिद्ध व्यक्ति मन की अशुद्धियों से निजात पा लेता है और उसे विवेक की प्राप्ति हो जाती है, यानी आत्मा को लौकिक तत्त्व से अलग करने की क्षमता आ जाती है तो वह स्त्री या पुरुष मन के पुराने संस्कारों और पुराने कर्मों को नष्ट कर पाता है।

ऐसा कर लेने के पश्चात् सिद्ध व्यक्ति कैवल्य की प्राप्ति कर लेता है। वह आत्मा को सांसारिक तत्त्व से अलग कर लेता है। प्रकृति के साथ जुड़ा होने के कारण पुरुष को कर्म करना ही पड़ता है और एक बार व्यक्ति उन्हें यौगिक तरीकों से अलग कर देता है तो व्यक्ति के अंदर पुरुष का अंश उस शाश्वत पुरुष के साथ एकाकार हो जाता है। वास्तव में, व्यक्तिगत आत्मा को उस सार्वभौमिक आत्मा से केवल तब तक अलग किया जा सकता है, जब तक कि वह प्रकृति के साथ रहती है।

प्राचीन योग की यह संक्षिप्त व्याख्या है। मैं इसका संदर्भ उस योग के नाम से दूँगी। इसे 'राज योग' या 'राजाधिराज योग' के नाम से भी जाना जाता है। इसे ऐसा इस कारण कहते हैं, क्योंकि आत्म-अनुशासन की सहायता से मन इंद्रियों पर राज करने के योग्य बन जाता है। इसका अर्थ यह नहीं है कि इस प्रकार के योग का प्रयोग महाराजाओं या राजाओं द्वारा किया जाता था, जैसा कि योग की कुछ आधुनिक पुस्तकों में भी बताया जाता है।

हम इस पुस्तक में आगे पतंजलि के योग सूत्रों के विभिन्न पहलुओं पर चर्चा करेंगे; किंतु सबसे पहले उस दूसरे 'योग' को जान लेना आवश्यक है, जिसके विषय में लोग सुनते हैं और उसका प्राचीन योग से क्या संबंध है।

विविध प्रकार के योग

भगवद्गीता में योग के जिन तीन प्रमुख रूपों का वर्णन है, वे हैं—कर्म योग, भक्ति योग तथा ज्ञान योग। 'कर्म योग' उसे कहते हैं, जिसमें बिना राग-द्वेष के व्यक्ति अपने कर्मों को करता है। यहाँ व्यक्ति द्वारा किए गए कार्यों के बदले सारी इच्छाओं को मिटा देने का उद्देश्य होता है। कर्म को कारण और परिणाम के नियम से मुक्त कर दिया जाता है और वह व्यक्ति को पुनर्जन्म के लिए बाध्य नहीं करता। हालाँकि यह माना जाता है कि कर्म से पूर्ण मुक्ति केवल भक्ति से संभव है। भगवद्गीता में भगवान् श्रीकृष्ण कहते हैं—

वह, जो मेरी शरण में आकर अपने कर्तव्यों को निभाता है, उसे मेरी कृपा से शाश्वत और अविनाशी जगत् की प्राप्ति होती है।[7]

'ज्ञानयोग' दिखाता है कि ज्ञान से मुक्ति कैसे प्राप्त की जा सकती है। यहाँ ज्ञान का अर्थ अपनी वास्तविक पहचान (आत्मा) करना है तथा इस आत्मा को ब्रह्म के रूप में देखना है; किंतु यहाँ भी उस लक्ष्य की प्राप्ति भक्ति से ही होती है।

योग में स्थित जो मनुष्य सभी प्राणियों के हृदय में मुझको स्थित देखता है और भक्ति-भाव में स्थित होकर मेरा ही स्मरण करता है, वह योगी सभी प्रकार से सदैव मुझमें ही स्थित रहता है।[8]

इस प्रकार की भक्ति हालाँकि ब्रह्म या उस सार्वभौमिक आत्मा के प्रति है, क्योंकि कृष्ण ब्रह्म के अवतार हैं।[9] योग सूत्रों का जोर भक्ति से कहीं

---

7. *भगवद्गीता, XVIII, 56*
8. *भगवद्गीता, VI, 31*
9. *प्रश्न यह है कि निराकार ब्रह्म को अवतार के रूप में क्यों दिखाया जाता है? इस विषय में यह कहा जाता है कि लोगों को ब्रह्म की अवधारणा उन्हें अवतार के रूप में प्रस्तुत कर ही समझाई जा सकती है। विशुद्ध दार्शनिक अवधारणाएँ इतनी शुष्क हैं कि लोग उन्हें समझ नहीं पाएँगे। अवतार के रूप में प्रस्तुत किए जाने के बावजूद भगवद्गीता (देखें उक्ति 4) में ब्रह्म की अवधारणा स्पष्ट रूप से बताई गई है। इस अवधारणा को और विस्तार से समझने के लिए पाठक जे. वर्नेन की पुस्तक 'योग एंड द हिंदू ट्रेडीशन', 1976, द यूनिवर्सिटी ऑफ शिकागो प्रेस, शिकागो पढ़ सकते हैं।*

अधिक व्यक्तिगत प्रयासों पर है। उनका प्रमुख विषय स्वयं व्यक्ति है, जिसमें उसकी बुद्धि, मन और शरीर शामिल हैं।

योग सूत्रों के साथ ही भगवद्गीता के दर्शन का मौलिक रूप सांख्य दर्शन में देखने को मिलता है।

ऋषि नहीं, अविवेकी ही सांख्य और योग को अलग-अलग मानते हैं। वह, जो एक को सिद्ध कर लेता है, उसे दोनों के ही फल प्राप्त होते हैं।[10]

पतंजलि के योग सूत्र स्पष्ट रूप से ध्यान लगाने के विभिन्न चरणों और उस परम लक्ष्य की प्राप्ति के भिन्न-भिन्न तरीकों को बताते हैं। योग सूत्र धार्मिक रूप से तटस्थ हैं और 'ईश्वर' (भाग-1, सूत्र 23) से भगवान् के किसी अवतार की नहीं, बल्कि 'पुरुष' या 'सांख्य' के उस परमात्मा की ओर संकेत किया जाता है।

ऐसा कहा जाता है कि—

'ईश्वर' के प्रति पूर्ण समर्पण से भी ध्यान की प्राप्ति में सहायता मिलती है। 'ईश्वर' ही वह परमात्मा हैं, जो कष्ट, कर्म और उनके फलाफल तथा उनसे उत्पन्न होनेवाली इच्छाओं से मुक्त हैं। उनमें ही सर्व-ज्ञान का बीज अनंत हो जाता है। वही प्राचीनतम (सृजित जीवों) गुरु हैं, क्योंकि वे समय से बँधे नहीं हैं। उन्हें 'प्रणव' (या ॐ का अक्षर) की संज्ञा दी जाती है।[11]

यह स्पष्ट है कि इन सारे सूत्रों में 'पुरुष' पर ही प्रमुख बल दिया गया है, जिनकी अभिव्यक्ति प्रतीकात्मक रूप (चित्र-2) में होती है, न कि किसी भगवान् के अवतार के रूप में।

यौगिक अभ्यासों का उद्देश्य मन की अशुद्धियों को समाप्त करना है और उस ज्ञान को प्राप्त करना है, जिससे सच्ची आत्मा, यानी अपने अंदर के

---

10. भगवद्गीता, V, 4.

11. पतंजलि का योग सूत्र, भाग-I, 23-27. यह पतंजलि योग सूत्रों पर लेखिका की अपनी पुस्तक में किया गया अनुवाद है। इसमें कुछ शब्दों को जोड़ा गया है, ताकि अवधारणा को अच्छी तरह समझा जा सके।

(चित्र-2 : ॐ का अक्षर, परमात्मा का प्रतीक)

उस 'पुरुष' को हम पहचान सकें। तालिका-1 में पतंजलि द्वारा बताए गए आष्टांगिक योग को संक्षेप में दरशाया गया है।[12]

यहाँ यह बता देना भी उचित होगा कि भारत के 'वेदों' की सत्ता को चुनौती देनेवाले दर्शनों और धर्मों को अपरंपरागत कहा गया था, हालाँकि उनका लक्ष्य भी यही है। इसके दो उदाहरण बौद्ध और जैन धर्म हैं।[13]

शरीर की अवधारणा

चलिए, अब यह देखते हैं कि हिंदू परंपरा के अनुसार शरीर की अवधारणा क्या है, क्योंकि हमारा उद्‌देश्य काफी हद तक इसे स्वस्थ रखना है।

12. यह तालिका भी पतंजलि पर लिखी गई पुस्तक से ही ली गई है। स्थान के अभाव के कारण मैं पतंजलि के अष्टांग योग की चर्चा विस्तार से नहीं कर पा रही हूँ। इस विषय पर अधिक जानने के इच्छुक पाठक योग सूत्र, शिव संहिता, हठ योग प्रदीपिका, घेरंड संहिता, योग दर्शन, उपनिषद् जैसी मौलिक रचनाओं को पढ़ सकते हैं।

13. इन धर्मों के संस्थापक छठी सदी ई.पू. के दो आध्यात्मिक गुरु थे—सिद्धार्थ, जिन्हें बुद्ध और वर्धमान को महावीर के नाम से जाना गया। जैन धर्म भारत तक सीमित रहा, जबकि बुद्ध का संदेश पूरे एशिया में फैला। बुद्ध के निर्वाण के 200 वर्षों बाद बौद्ध धर्म ने अपने आप को एक धर्म के रूप में स्थापित किया। एशिया भर में इसका प्रसार एक महान् भारतीय सम्राट् अशोक के कारण हुआ, जिसका शासन काल 269 से 232 ई.पू. के बीच था।

यह शरीर एक रथ के समान है, आत्मा इसकी स्वामी है, बुद्धि इसका सारथि, मन इसकी लगाम की भूमिका निभाता है, इंद्रियाँ इसके घोड़े हैं और यह संसार इसका क्षेत्र है।[14]

दूसरी तरफ, शरीर ही इस संसार के प्रति आसक्त होने का कारण है। इस संसार से मुक्ति तभी संभव है, जब यह प्रयत्न करे और इस कारण ही 'कथा उपनिषद्' में इसे रथ का नाम दिया गया है। यह शरीर शुद्ध होता है, क्योंकि इसमें आत्मा का वास होता है और जो उस 'पुरुष' का ही एक अंश है। यह मन और बुद्धि के साथ मिलकर कार्य करे तो आत्मा को 'संसार' की बेड़ियों से मुक्त करा सकता है। यह शरीर उस वृहद् जगत् का एक सूक्ष्म जगत् है। आगे आनेवाले पृष्ठों में हम देखेंगे कि इस विचार को तांत्रिक परंपरा में एकदम स्पष्ट रूप में रखा गया है।

तालिका-1. अष्टांग योग का संक्षेप में वर्णन

1. यम	क. अहिंसा : किसी को न मारना या कष्ट न पहुँचाना ख. सत्य : सत्यवादिता ग. अस्तेय : चोरी न करना घ. ब्रह्मचर्य : संयम या आवेग या इच्छाओं के आगे न झुकना ङ. अपरिग्रह : इच्छा न रखना, यानी अपने लिए सुख के साधनों की इच्छा न रखना।
2. नियम	क. शौच : शुद्धि • शारीरिक • मानसिक ख. संतोष : संतुष्टि ग. तप : तपस्या घ. जप : मन-ही-मन मंत्रोच्चारण ङ. ईश्वर-प्रणिधान : ईश्वर में गहरी आस्था

14. कथा उपनिषद्, III, 3)

3. आसन	योग के लिए निर्धारित विशेष मुद्राएँ। लगातार अभ्यास से वे स्थिर और सुखदायी बन जाएँगी।
4. प्राणायाम	'प्राणायाम' प्राण की ऊर्जा का विस्तार है। इसमें श्वास की लय को धीरे-धीरे धीमा किया जाता है और साँस लेने तथा छोड़ने के बीच का अंतराल बढ़ जाता है।
5. प्रत्याहार	'प्रत्याहार' का अर्थ है—इंद्रियों का वस्तुओं के प्रति अनासक्त हो जाना तथा मन की प्रकृति के समान भाववाला हो जाना। इंद्रियों की वस्तु का अर्थ, दृश्य, रंग और सुनी जानेवाली ध्वनियों से है।
6. धारणा	'धारणा' का अर्थ है—विचार करने की प्रक्रिया को आंतरिक जगत् पर केंद्रित किया जाए।
7. ध्यान	धारणा की निरंतर अवस्था को ही 'ध्यान' कहते हैं।
8. समाधि	'समाधि' वह अवस्था है, जब ध्यान इस स्थिति में पहुँच जाता है कि केवल उसकी एक अनुभूति होती है और व्यक्तिगत पहचान तक समाप्त हो जाती है।

योग और तांत्रिक परंपरा

'तंत्र' का अर्थ है—विस्तार करना या जारी रखना। व्यावहारिक रूप में देखें तो यह वह है, जो ज्ञान का विस्तार करता है। प्रत्यय के रूप में इस शब्द का प्रयोग किसी भी प्रकार के साहित्य के विस्तार को बताने के लिए किया जाता है, चाहे वह तांत्रिक सिद्धांत का अंग हो या नहीं।

भारत की दार्शनिक और रीति-रिवाज संबंधी परंपराओं पर तांत्रिक सिद्धांतों का अच्छा-खासा प्रभाव रहा है। बौद्धों और जैनों ने भी उन्हें अपनाया था। उनके प्रयोगों की उत्पत्ति का पता लगाना कठिन है; लेकिन ऐसा कहा जाता है कि उनकी शुरुआत सिंधु घाटी सभ्यता से हुई थी। प्राचीनतम कूटबद्ध तांत्रिक रचना ईसाई युग से पहले की नहीं तो कम-से-कम उसकी शुरुआत के समय की कही जा सकती है।[15]

15. ए. मुखर्जी तथा एम. खन्ना, 'द तांत्रिक वे', पृष्ठ 10, 1977, न्यूयॉर्क ग्राफिक सोसाइटी, बोस्टन।

तांत्रिक परंपरा में 'पुरुष' *और* 'प्रकृति' को ईश्वर और उनकी सृजनात्मक शक्ति 'शक्ति' के रूप में दिखाया गया है। उन्हें देवता और देवी के रूप में माना गया है। विभिन्न दर्शनों में वह देवता विष्णु या शिव हैं; जबकि देवी उनकी पत्नी लक्ष्मी या पार्वती हैं। इस प्रकार 'पुरुष' और 'प्रकृति' का संबंध एक पुरुष और एक स्त्री का है। पुरुष का शाब्दिक अर्थ आदमी से है और प्रकृति स्त्रीलिंग है। मानव शरीर वृहद् ब्रह्मांड का एक सूक्ष्म ब्रह्मांड है और उसके अस्तित्व की व्याख्या स्त्री व पुरुष के साथ रहने से की जाती है। ये आत्मा और कुंडलिनी हैं। आत्मा परमात्मा (ब्रह्म या पुरुष) का अंश होता है और कुंडलिनी वह शक्ति है, जो देवी या प्रकृति का रूप है। कुंडलिनी का शाब्दिक अर्थ होता है—'अपने ऊपर कुंडलित'। इसे अग्नि या सर्प से दिखाया जाता है और यह मानव शरीर में सोई हुई अवस्था में होती है। योग का उद्देश्य इस कुंडलिनी को जगाना है। आत्मा को कैवल्य की प्राप्ति कुंडलिनी की जाग्रत् शक्ति के आत्मा में विलय से ही हो सकती है।

मनुष्य के शरीर में एक सूक्ष्म शरीर रहता है। सूक्ष्म शरीर का प्रतिनिधित्व नाड़ियाँ करती हैं और उसकी तुलना स्वयं ब्रह्मांड से की जाती है। ब्रह्मांड के विभिन्न तत्त्वों को शरीर के विभिन्न अंगों के रूप में बताया जाता है। 'प्राण' या जीवन-रक्षक वायु को नाड़ियों के जाल की सहायता से सूक्ष्म शरीर के विभिन्न अंगों तक पहुँचाया जाता है। तीन प्रमुख नाड़ियाँ हैं—'इड़ा', 'पिंगला' और 'सुषुम्ना'। छह भिन्न स्थानों पर जहाँ ये आपस में एक-दूसरे से मिलती हैं, उन्हें सात में से छह प्रमुख चक्रों के रूप में दरशाया जाता है। 'चक्र' शब्द का शाब्दिक अर्थ पहिया होता है; लेकिन यहाँ यह मिलाप के उन बिंदुओं को बताता है, जहाँ कुंडलिनी के जाग्रत् होने के लिए आवश्यक ऊर्जा पैदा होती है। सातवाँ चक्र सिर के शीर्ष बिंदु पर होता है और वह कुंडलिनी की यात्रा की समाप्ति तथा आत्मा से उसके मिलन के स्थान को इंगित करता है।

तांत्रिक पद्धतियाँ तथा प्रतीकात्मकता प्राचीन भारतीय परंपरा की जीवन-शैली का एक अंग रही हैं। मंदिरों और पूजन समारोहों में तांत्रिक प्रतीकात्मकता को अपनाया जाता है। कृष्ण और उनकी संगिनी राधा तथा उनकी बाँसुरी

का जादू पुरुष, प्रकृति और इस संसार को दिखाते हैं। योनि में शिव लिंग की स्थापना ब्रह्मांड की संपूर्णता के लिए पुरुष और स्त्री के अंगों के मेल का प्रतीक है। (चित्र-3)

(चित्र-3 शिवलिंग और योनि)

भारतीय जीवन पर योग का प्रभाव

योग और यौगिक अभ्यासों का भारतीय जीवन पर कितना प्रभाव है, इसकी समीक्षा कर लेना भी उचित होगा। अकसर भारतीयों का सामना विदेशियों के इस प्रश्न से होता है, क्या आप योग करते हैं ? अधिकांश भारतीय समझ नहीं पाते कि इस प्रश्न का क्या उत्तर दें और वे कह देते हैं—नहीं। इस प्रकार के उत्तर से अधिकांश लोग इस निष्कर्ष पर पहुँच जाते हैं कि आज के भारत में केवल कुछ ही लोग योग को अपना रहे हैं।

सबसे पहले तो यह बता दूँ कि योग ऐसा कुछ नहीं, जिसे कोई करता है। यह जीवन की एक शैली है। दूसरा, हिंदुओं की सोच व परंपरा में इस प्रकार रचा बसा है कि योग भी उसका एक हिस्सा है। किसी अन्य प्राचीन परंपरा की तरह ही इस दर्शन से जुड़े नाम, परिभाषा और आध्यात्मिक स्वरूप की जिम्मेदारी कुछ लोगों तक ही सीमित है। लोगों पर योग के दर्शन का

जबरदस्त प्रभाव है। दैनिक जीवन में अकसर कर्म, संसार, संस्कार, क्लेश, आत्मा, परमात्मा, माया जैसे शब्दों को हम सुनते रहते हैं।

हिंदुओं को अपने अंतिम लक्ष्य का पूरा-पूरा ज्ञान है—उस परम मुक्ति का और वे यह भी जानते हैं कि इस लक्ष्य की प्राप्ति अत्यंत कठिन है।

जहाँ तक यौगिक अभ्यासों की बात है, तो सबसे अधिक प्रयोग 'जप' का किया जाता है। जप यानी किसी गुरु के द्वारा दिए गए मंत्र या देवता के नाम का लगातार जाप करते रहना। यह विचारों की शृंखला को समाप्त करने का एक उपाय है। कुछ अन्य यौगिक अभ्यास शरीर की शुद्धि के लिए नियमित रूप से किए जाते हैं। यौगिक अभ्यासों का प्रयोग पारंपरिक चिकित्सा के साथ-साथ भी किया जाता है। जब कोई किसी वैद्य या पारंपरिक चिकित्सा करनेवाले आयुर्वेदिक डॉक्टर के पास जाता है, जिसकी कई पीढ़ियाँ इस पेशे (अधिकांश मामलों में ऐसा होता है) से जुड़ी रही हैं तो व्यक्ति को न केवल दवाएँ मिलती हैं, बल्कि अनेक उपाय भी सुझाए जाते हैं, जिनमें कुछ यौगिक अभ्यास तथा अपनी चिकित्सा स्वयं करने से संबंधित ध्यान की क्रियाएँ भी होती हैं। परिवार के गुरु भी ध्यान से अपनी चिकित्सा करने का परामर्श देते हैं। यह उस मौखिक परंपरा का हिस्सा है, जिसमें विभिन्न रोगों और व्याधियों का इलाज आसनों की सहायता से करने की बात लोग एक-दूसरे से साझा करते हैं। पारंपरिक चिकित्सा पर शोध करने तथा भारत में भ्रमण करने के दौरान मैंने पाया क़ि योगाभ्यास के चिकित्सकीय प्रयोगों को एक संस्थागत रूप दिया जाए।

अंत में, मैं यह कहना चाहूँगी कि इस पुस्तक में स्वास्थ्य संबंधी योगाभ्यासों को शामिल किए जाने के पीछे मेरी मंशा उन्हें यौगिक दर्शन से अलग दिखाने की नहीं है। जैसा कि पहले भी कहा गया है, वर्तमान संदर्भ में स्वास्थ्य का अर्थ केवल शारीरिक तंदुरुस्ती से नहीं, बल्कि हमारे सूक्ष्म ब्रह्मांड से लेकर वृहद् ब्रह्मांड के बीच एक सामंजस्य स्थापित करना है। यह योग करने से नहीं हो सकता, बल्कि यौगिक तरीकों को अपनाने से संभव होता है। हमें अपने मन का प्रयोग मंथन करनेवाले घटक के रूप में करते

हुए अपने अंदर मंथन की क्रिया से आंतरिक संसाधनों को ढूँढ़ने और विस्तार देने की विद्या को सीखना होगा, जैसा कि उपनिषद् में कहा भी गया है—

> **हम जानते हैं कि दूध एक ही रंग का होता है,**
> **जबकि उन्हें देनेवाली गायें अलग-अलग रंग की होती हैं।**
> **इसी प्रकार ज्ञान भी एक होता है,**
> **चाहे दर्शन अलग-अलग क्यों न हों; वैसे ही**
> **जैसे दूध का रंग एक होता है, जबकि गायें**
> **भिन्न-भिन्न रंगों की होती हैं।**
> **तथा ज्ञान प्रत्येक व्यक्ति के अंतर्मन में उसी प्रकार**
> **छिपा रहता है, जिस प्रकार दूध में मक्खन रहता है; किंतु हम उसे देख नहीं पाते।**
> **यही कारण है कि बुद्धिमान अभ्यासी को अपने मन का प्रयोग मंथन करनेवाले घटक के रूप में करते हुए बिना रुके अपने अंदर मंथन करना चाहिए।**[16]

□

16. अमृतबिंदु उपनिषद् I, 18-20

2

स्वास्थ्य के संदर्भ में योग : मानसिक और शारीरिक तैयारी

आधुनिक चिकित्साप्रणाली में शरीर को एक मशीन के जैसा समझा जाता है, जिसकी जाँच उसके अंगों के अनुसार की जाती है। शरीर को इस प्रकार खंडों में बाँटने की शुरुआत कार्टीजियनवादी विभक्तीकरण से हुई, जो शरीर और मन को अलग-अलग करता है। आधुनिक मन काफी हद तक इस विभक्तीकरण से प्रभावित है, क्योंकि बीमारियों के इलाज की पूरी प्रणाली, विशेष रूप से पश्चिम में, इसी विचारधारा पर आधारित है। हालाँकि वर्तमान संदर्भ में हमारी सोच इससे अलग है। व्यक्ति (शरीर, मन, बुद्धि और आत्मा) को वृहद् ब्रह्मांड का एक छोटा ब्रह्मांड माना जाता है। हम एक व्यक्ति के रूप में उस संपूर्ण के अभिन्न अंग हैं, न कि हम अंग-अंग से जुड़कर उस संपूर्ण को बनाते हैं। हम किसी पात्र में रखे शीशे की गेंदों के समान हैं, जिस पात्र की गरदन सँकरी है। कोई एक भी गेंद को दूसरे को हिलाए बिना इधर से उधर नहीं कर सकता है। इस मौलिक विचार के साथ ही शरीर को संपूर्ण का एक अभिन्न अंग माना जाता है और इसका उद्‌देश्य यौगिक प्रक्रियाओं से मन के साथ उसके एकत्व का एहसास करना है। हमें शरीर और मन के बीच संबंध को भुला दिए जाने की फिर से खोज करनी है। यह कोई ऐसा कार्य नहीं, जिसे बौद्धिक ज्ञान से किया जाना है। इसका अनुभव धीरे-धीरे अभ्यासों की सहायता से ही होना चाहिए।

पूरे तंत्र को समझने के लिए यह आवश्यक है कि प्रत्येक अंग के पहलुओं को विस्तार से जानें, जिससे संपूर्ण शरीर बना है। एकीकरण की खोज करने से पहले यह अनिवार्य है कि वियोजन का अनुभव किया जाए। चलिए, सबसे पहले हम उन महत्त्वपूर्ण कारकों के विभिन्न पहलुओं की चर्चा करते हैं, जो शरीर को जीवित बनाए रखते हैं।

शरीर और उसे चलाते रहनेवाले विभिन्न कारक

शरीर का स्वास्थ्य तीन प्रमुख कारकों पर निर्भर करता है, जो इसे जीवित रखते हैं। वे हैं—साँस, भोजन और नींद। वे आपस में एक-दूसरे से जुड़े होने के साथ ही एक-दूसरे पर निर्भर भी रहते हैं।

साँस लेना : तकनीकी रूप से साँस लेना बारी-बारी से हवा को फेफड़ों में भरने और उसे खींचने की एक प्रक्रिया है। इसमें वातावरण और शरीर की कोशिकाओं के बीच ऑक्सीजन तथा कार्बन डाइऑक्साइड का आदान-प्रदान होता है।

योग में साँस का महत्त्व प्राण ऊर्जा के समान होता है और यह हमारा संपर्क ब्रह्मांड से स्थापित करता है। प्राण ऊर्जा सारी चेतन और अचेतन वस्तुओं में होती है। साँस जब रुक जाती है तो हमारा संपर्क प्राण और शरीर से टूट जाता है। हम जिसे 'हम' कहते हैं, उसका अस्तित्व समाप्त हो जाता है। फिर भी, हम में से कितने लोग इस महत्त्वपूर्ण प्रक्रिया को इतनी गहराई से लागू करते हैं ? लयबद्ध रूप से गहराई से की गई श्‍वसन प्रक्रिया हमारा सामंजस्य ब्रह्मांड से स्थापित कर देती है। अपने मन में श्‍वसन की इस प्रक्रिया को लाने तथा वायु के अपने अंदर आने और जाने की प्रक्रिया को महसूस करना अत्यंत शांतिदायक होता है। नींद के दौरान साँस की क्रिया एकदम लयबद्ध होती है। अपने श्‍वसन (या चेतन मन से साँस लेना) पर ध्यान स्थिर करने से मन और शरीर दोनों को आराम मिल सकता है। यह आंशिक रूप से नींद की अवस्था में जाने के समान होता है। आप अपने श्‍वसन को लंबा, छोटा, साँस लेने और छोड़ने के बीच छोटे-छोटे अंतराल देकर, दौड़ने के दौरान

जितनी तेजी से संभव हो, साँस लेकर और पूरी तरह से आराम तथा सोने जाने से पहले एकदम धीमा कर कई प्रकार की प्रक्रियाएँ कर सकते हैं। यौगिक अभ्यासों को सीखने से पहले की तैयारी के अंतर्गत कुछ अभ्यास किए जाते हैं। आपको उन अभ्यासों के लिए किसी विशेष सत्र की आवश्यकता नहीं है। उन्हें अलग-अलग समय पर किया जा सकता है; जैसे सोने जाने से पहले, चलते समय, डेस्क पर अपने काम के दौरान एक छोटा ब्रेक लेकर तथा ऐसे ही अन्य कई मौकों पर भी कर सकते हैं। इन सारे अभ्यासों के लिए आपको अपने श्वसन तंत्र और अपने मन की आवश्यकता पड़ती है, तो क्या ये दोनों हर समय हमारे साथ नहीं रहते?

भोजन करना : हम सब जानते हैं कि जीवित रहने के लिए भोजन की कितनी अनिवार्यता है। हम क्या खाते हैं, कैसे खाते हैं और कितना खाते हैं, इनका हमारे जीवन में एक महत्त्वपूर्ण प्रभाव होता है। लंबे समय तक गलत और अत्यधिक भोजन खतरनाक एवं लाइलाज बीमारियाँ दे सकता है। तेजी से भोजन करना और तनाव में रहते हुए भोजन करने से पेट और आँत की बीमारियाँ होती हैं। इस प्रकार की छोटी बीमारी भी लंबे दौर में एक दिन जीव में गंभीर रोग का रूप ले सकती है।

हम जितने प्रकार का भोजन करते हैं, उन सबका अपनी प्रणाली पर पड़नेवाले प्रत्यक्ष या अप्रत्यक्ष प्रभावों को समझने का प्रयास संवेदनशील रूप से करना चाहिए। हमें अपने भोजन में निरंतर बदलाव करना चाहिए और एक ही चीज को बार-बार खाने से बचना चाहिए। अत्यधिक तली हुई और वसावाली वस्तुओं से बचना चाहिए। मीठी चीजों जैसे चॉकलेट व केक इत्यादि को अत्यधिक मात्रा में खाया जाए तो हमारे दाँत खराब हो जाते हैं तथा पाचन-तंत्र पर भी प्रतिकूल प्रभाव पड़ता है।

अत्यधिक मांस खाने और भोजन में फलों व सब्जियों की मात्रा कम लेने से कब्ज हो जाता है तथा शरीर के विभिन्न तत्त्वों के बीच का संतुलन भी बिगड़ने लगता है। इसी प्रकार, मीट खानेवाले कुछ लोग यह प्रण कर लेते हैं कि वे केवल शाकाहारी भोजन करेंगे, क्योंकि उन्हें संतुलित भोजन के

विषय में ज्ञान नहीं होता और मीट न खाने से कभी-कभी वे गंभीर कुपोषण के शिकार हो जाते हैं। मीट खानेवालों का अचानक शाकाहारी बन जाना ठीक नहीं होता है। किसी भी व्यक्ति को मांसाहारी भोजन छोड़कर शाकाहारी भोजन को अपनाने का प्रयास एकदम धीरे-धीरे करना चाहिए और अपनी शारीरिक स्थिति पर उसके प्रभावों का अध्ययन गौर से करना चाहिए। यदि कमजोरी या अन्य प्रतिकूल प्रभाव दिखते हैं तो इस पर पोषाहार विशेषज्ञ या अपने डॉक्टर की सलाह लेनी चाहिए।

कुछ लोग यह हठ कर लेते हैं कि वे कुछ पोषाहारों को इस कारण नहीं लेंगे, क्योंकि जन-संचार के साधनों द्वारा उनके नकारात्मक प्रभावों को गिनाया गया है। वे उन पोषाहारों के बदले कृत्रिम उत्पादों को अपनाने लग जाते हैं। चीनी इस बात का एक अच्छा उदाहरण है। गरम पेय पदार्थों में दो या तीन चम्मच चीनी का उतना बुरा असर नहीं होता, जितना कि आपके द्वारा प्रयोग किए जा रहे सिंथेटिक उत्पादों से होता है। चीनी से बनी चीजों, जैसे—बिस्कुट, केक, चॉकलेट, अत्यधिक मीठे कोल्ड ड्रिंक आदि से बचना चाहिए, न कि आप चीनी के बदले स्वीटनिंग एजेंट का इस्तेमाल करने लग जाएँ।

विधिवत् और पर्याप्त भोजन न करने की तरह ही हद से अधिक भोजन करना भी खतरनाक होता है। दोनों की ही अति से कुपोषण और बीमारी होती है। अत्यधिक भोजन करने से पाचन-तंत्र सक्रिय हो जाता है और धीरे-धीरे शरीर की भोजन करने की क्षमता बढ़ने लगती है। समय के साथ इसकी वजह से शरीर के वजन में वृद्धि शुरू हो सकती है। इसी प्रकार, काफी देर तक खाली पेट रहने से भी बचना चाहिए। इससे पाचन-तंत्र निष्क्रिय हो जाता है और व्यक्ति के खाने की क्षमता कम हो जाती है, जिसके कारण कमजोरी बढ़ जाती है। दिन में दो बार भरपूर भोजन करने से अच्छा है कि थोड़ी-थोड़ी मात्रा में भोजन किया जाए। काफी देर बाद एक ही बार में बहुत ज्यादा मात्रा में खाया गया भोजन भारीपन, आलस और सिरदर्द बढ़ा सकता है। बहुत अधिक खाना, वजन बढ़ा लेने और डाइटिंग करने से आंतरिक अंगों के लिए खतरनाक हो सकता है। पहले तो पाचन-तंत्र अति सक्रिय कर दिया जाता है और फिर अचानक उसकी गतिविधि को ठप्प कर दिया जाता है।

मैं यहाँ एक घटना की चर्चा करना चाहूँगी, ताकि यह बता सकूँ कि कैसे कुछ खाने या पीने की अत्यधिक मात्रा हमें बीमार कर सकती है। मेरी एक पड़ोसन अकसर पेट में दर्द की शिकायत किया करती थी। वह कहती थी कि उसकी डॉक्टर को दर्द का कारण पता नहीं चल पा रहा है और दी गई दवाएँ केवल थोड़ी देर की राहत दे पाती हैं। एक दिन उसने मुझे अपने यहाँ चाय पर बुलाया। उसने मुझे बहुत जबरदस्त काली चाय (बड़ी पत्तियोंवाली दार्जिलिंग चाय) दी। मैंने उससे कहा कि थोड़ा दूध और चीनी ला दे, क्योंकि वह चाय मेरे लिए बहुत स्ट्रॉन्ग थी।

उसने मुझे बताया कि वह हर दिन यही चाय 1.5 से 2 लीटर तक पीती है। अब मेरे लिए उसके पेट की समस्याओं को समझना और उसका इलाज करना आसान हो गया था।

चाय स्वभाव से ही कसैली और अम्लीय होती है। अगर उसे हद से ज्यादा लिया जाए तो उससे पेट में अम्लता और भूख न लगने जैसी समस्या खड़ी हो सकती है। चाय के इस नुकसानदेह प्रभाव को कम करने के लिए उसमें आप इलायची, लौंग, दालचीनी या अदरक जैसे मसाले डाल सकते हैं तथा चाय को दूध व चीनी के साथ लिया जाना चाहिए। हालाँकि अच्छी क्वालिटी की दार्जिलिंग से आनेवाली बड़ी पत्तियोंवाली चाय का स्वाद जबरदस्त होता है, जो किसी और स्वाद या सुगंध डालने से खराब हो जाता है। चाय बहुत स्ट्रॉन्ग नहीं होनी चाहिए, न ही वह बहुत अधिक मात्रा में पी जानी चाहिए। कॉफी सिरदर्द, दस्त, हलके बुखार आदि के साथ ही शराब के असर और अफीम के जहरीले प्रभाव को कम करने में दवा का काम करती है। हालाँकि लंबे समय तक अधिक मात्रा में लेने से यह खून की कमी, कमजोरी, नींद न आने, बेचैनी, साँस लेने में तकलीफ और सीने में दर्द जैसी समस्याओं को जन्म दे सकती है। कुछ कंपनियों के ठंडे पेय भी ऐसी समस्या खड़ी कर सकते हैं, अगर उनमें कैफीन हो तो।

खाने को धीरे-धीरे और सोच-विचारकर लिया जाना चाहिए। खाने को पूरी तरह चबाया जाना चाहिए और खाने के दौरान व्यक्ति का ध्यान खाने की

प्रक्रिया पर होना चाहिए। वह खाना, जिसे हड़बड़ी में निगल लिया जाता है, उसे पचाना मुश्किल होता है; क्योंकि उसमें वे पाचन रस नहीं होते, जिनका स्राव चबाए जाने के दौरान होता है। खाने के दौरान किसी भी प्रकार के भावनात्मक आवेग से बचें। आप जब गुस्से में हों, तब भोजन करना शुरू न करें। खाने की शुरुआत से पहले पाँच मिनट का समय लें और कुछ गहरी साँस लेकर अपना मन शांत करें और फिर खाना शुरू करें। कुल मिलाकर कहें तो खाने से पहले ऐसी किसी भी बात को मन से निकाल दें, जिससे तनाव पैदा होता है और अपना पूरा ध्यान खाने पर लगाएँ। तनाव में लिया गया भोजन हमें फायदा कम और नुकसान ज्यादा पहुँचाता है तथा उससे पाचन संबंधी गड़बड़ियाँ पैदा होती हैं।

नींद : पतंजलि ने नींद की परिभाषा इस रूप में दी है, '...मस्तिष्क का ऐसा परिवर्तन, जो नए ज्ञान के अभाव के कारण बना रहता है (भाग-1, सूत्र-10)।' इसका अर्थ है कि नींद के दौरान इंद्रियाँ निष्क्रिय रहती हैं और वे बाहरी ज्ञान को स्वीकार नहीं करतीं। फिर भी, नींद मस्तिष्क के अनेक परिवर्तनों में से एक है, क्योंकि यह चेतना की एक अवस्था होती है। इसका पहला कारण यह है कि इस दौरान सपने आते हैं और दूसरा, कोई सपने की बातों को पूरी तरह से याद नहीं रख पाता। फिर भी व्यक्ति को नींद की अवस्था का ज्ञान रहता है, चाहे वह नींद अच्छी, बुरी या ठीक से न भी आई हो। नींद उसी प्रकार की एक स्वाभाविक प्रक्रिया है, जैसे साँस लेना, भूख लगना आदि और वह अस्थायी रूप से रात होने से जुड़ी होती है। अच्छे शारीरिक व मानसिक स्वास्थ्य के लिए यह आवश्यक है कि नींद पर्याप्त मात्रा और गुणवत्तावाली हो। अत्यधिक सोने से व्यक्ति आलसी और बेपरवाह हो जाता है। यह हमारे शरीर के तीन मौलिक गुणों को अस्त-व्यस्त कर देता है। नींद स्थिरता की एक दशा होती है और उसका संबंध तमो गुण से होता है। 'तम' यानी वह, जो गतिशीलता को रोकता है, रुकावट डालता है। अत्यधिक सोने से शरीर में तम बढ़ जाता है और असंतुलन को जन्म देता है। इसी प्रकार, कम सोने से व्यक्ति अत्यधिक सक्रिय हो जाता है। इससे शरीर में 'रज' की

वृद्धि हो जाती है, जो गतिशीलता को बढ़ाता है। इस कारण नींद की उचित मात्रा आवश्यक है, जिससे कि शरीर में 'तम' और 'रज' के संतुलन से 'सत', यानी समभाव की स्थिति बनी रहे।

एक सामान्य वयस्क को प्रतिदिन 7 से 8 घंटे की नींद की आवश्यकता होती है। बच्चों और बीमारों को अधिक नींद की जरूरत पड़ती है। स्वास्थ्य-लाभ के दौरान अधिक नींद ली जानी चाहिए।

हम सब जानते हैं कि अनिद्रा और नींद से जुड़ी अन्य गड़बड़ियाँ हमारे मौजूदा समय में अनेक लोगों को परेशान करती हैं और पश्चिमी जगत् में नींद के लिए दवाओं का सेवन एक आम बात हो गई है। नींद न आना या अच्छी तरह न सो पाने से स्मरण शक्ति की कमजोरी, सिरदर्द, आँखों में भारीपन, पाचन-तंत्र में समस्या और पूरे शरीर में दर्द व थकान जैसी समस्याएँ पैदा हो सकती हैं। नींद हमारे शरीर की एक स्वाभाविक आवश्यकता है और हम अकसर लोगों को एयरपोर्ट और रेलवे स्टेशनों पर अजीबोगरीब मुद्राओं में सोते हुए पाते हैं। फिर ऐसा क्यों होता है कि कुछ लोग पूरे दिन काम करने के बाद भी अपने आरामदेह बिस्तर पर सो नहीं पाते? इसका जवाब एकदम आसान है। इसका कारण यह है कि जीने के अप्राकृतिक तौर-तरीकों के कारण शरीर उस स्वाभाविक रूप से काम नहीं कर पाता, जैसा कि उसे करना चाहिए। कैफीनवाले पेय पदार्थों का सेवन, दूषित और शोरगुल भरा माहौल, अनियमित भोजन, हद से अधिक चिंता करना जैसे कारण अनिद्रा या नींद से जुड़ी अन्य गड़बड़ियों को जन्म दे सकते हैं। व्यक्ति को अपनी समस्याओं का हल निकालने के लिए उनके कारणों को संवेदनशील होकर ढूँढ़ना पड़ेगा। बिस्तर पर जाने से पहले नींद की गोली लेना अनिद्रा या नींद न आने की समस्या का समाधान नहीं है।

कभी-कभी इस बीमारी का कारण बहुत छोटा होता है और व्यक्ति भोजन तथा जीवन-शैली में थोड़ा-बहुत परिवर्तन लाकर उन्हें दूर कर सकता है। उन लोगों को, जिन्हें अनिद्रा या नींद में खलल की समस्या है, नियमित व संतुलित आहार लेने, नियमित उत्सर्जन, सोने जाने से पहले कम-से-कम

एक घंटे तक बहुत अधिक बातचीत न करने, सोने के स्थान को शांत और हवादार रखने तथा कुछ यौगिक अभ्यासों एवं सोने से पहले कुछ योगासनों की सलाह दी जाती है।

नींद के इस विषय की चर्चा आगे एक बार फिर कुछ अलग यौगिक अभ्यासों के साथ की जाएगी।

योगाभ्यासों के लिए कुछ आवश्यक बातें

हमने अब तक तीन प्रमुख कारकों की चर्चा की है, जो हमें जीवित रखते हैं। अब हम कुछ अनिवार्य प्रयासों की बात करते हैं, जो यौगिक अभ्यासों के साथ किए जाने चाहिए—

1. योगाभ्यास (यौगिक अभ्यास) और योगासनों को भरे पेट, भरी आँतों या भरे आमाशय के साथ नहीं किया जाना चाहिए। योगाभ्यासों के लिए सबसे अच्छा समय सुबह में उत्सर्जन के बाद का होता है; किंतु आप सुबह में समय नहीं निकाल सकते तो रात के खाने के बाद या किसी भी भोजन के कम-से-कम 3 घंटे बाद योगाभ्यास करने की सलाह दी जाती है।
2. योगाभ्यास और योगासनों को एक शांत स्थान में, समतल फर्श पर क़िसी साफ दरी या आसनी पर किया जाना चाहिए। उस दरी पर एक साफ चादर या तौलिया बिछा होना चाहिए, जिससे कि साँस में धूल न जाए। योगाभ्यास के लिए आपके कपड़े ढीले या लचीले होने चाहिए।
3. आसन की मुद्राओं को करते समय रुकावटों से बचने के लिए आप जिस जगह का चयन करें, वह बड़ी हो।
4. यदि मौसम ठीक हो तो आसनों को खुली हवा में करना सर्वोत्तम होता है।
5. कुछ मुद्राएँ और गतिविधियाँ ऐसी होती हैं, जो लार ग्रंथियों को सक्रिय कर देती हैं। मुँह में आनेवाली अत्यधिक लार को निगलना

नहीं चाहिए, उन्हें बाहर थूक दिया जाना चाहिए। मुझे अपने छात्रों को सिखाने के दौरान इस संबंध में परेशानी हुई, क्योंकि छात्र मेरी ओर से उपलब्ध कराए थूकदानों में थूकने से हिचकिचाते थे। योग की क्लास में थूकने को किसी गंदे काम जैसा मान लिया गया, जबकि दंत चिकित्सक के पास कुरसी पर बैठकर लोगों को थूकने में कोई ऐतराज नहीं होता। आखिर क्यों? संभवतः इस कारण, क्योंकि लोगों के मन में यौगिक अभ्यास चिकित्सकीय गतिविधि की बजाय एक सामाजिक गतिविधि है।

6. किसी भी मुद्रा को करने के लिए अपने साथ कभी जोर-जबरदस्ती न करें। इससे आप अपने आप को फायदा कम और नुकसान अधिक पहुँचाएँगे। शरीर को धीरे-धीरे अधिक लचीला बनाया जाना चाहिए। आपको किसी मुद्रा में खिंचाव के दौरान जिस क्षण असहज महसूस हो, उसी क्षण रुक जाएँ। आप देखेंगे कि लगातार अभ्यास से आप अपनी मुद्रा को और अधिक लचीला व सुविधाजनक बना लेंगे।
7. यदि आपको दर्द का अनुभव होता है तो किसी गतिविधि को तुरंत रोक दें। हम में से कई योगाभ्यास के दौरान अपने शरीर के रहस्य को समझ पाते हैं। उदाहरण के लिए, योग की क्लास में एक व्यक्ति को पता चला कि पैर से जुड़ी मुद्रा के दौरान उसकी एक टाँग में दर्द होता था। शरीर के इन कमजोर अंगों पर विशेष ध्यान दिए जाने की आवश्यकता होती है और उनकी गतिविधियों को इस प्रकार धीरे-धीरे बढ़ाया जाना चाहिए कि खिंचाव की अंतिम स्थिति पर उनके रुकने की समय सीमा को थोड़ा-थोड़ा कर बढ़ाया जाएगा।
8. स्त्रियों को मासिक धर्म के दौरान योगासन नहीं करना चाहिए, हालाँकि वे योगाभ्यास और ध्यान लगाने की क्रिया कर सकती हैं।

छोटी-मोटी व्याधियाँ और उनके उपचार

चलिए, सबसे पहले जानते हैं कि व्याधियाँ होती क्या हैं और क्यों इस प्रकार की गड़बड़ी उत्पन्न होती है? हमारे ऊपर निरंतर रूप से वायरसों,

बैक्टीरिया तथा विभिन्न प्रकार के विषों का हमला होता रहता है और हमारे शरीर में उनके हमलों से निपटने की क्षमता होती है। शरीर की प्रतिरक्षा प्रणाली का निर्माण विभिन्न प्रकार की रक्त कोशिकाओं से होता है। वे संक्रमणों या विष के बाहरी हमलों को विशेष रूप से विफल कर देती हैं। प्रतिरक्षा प्रणाली में यह क्षमता होती है कि वह सामान्य ऊतक की सहायता से विदेशी अणुओं (एंटीजन) की पहचान कर लेती है और उस एंटीजन की प्रकृति के मुताबिक अपनी प्रतिक्रिया करती है।

तनाव, थकान, असंतुलित आहार, नींद की कमी, शारीरिक अभ्यास में कमी, दूषित माहौल में रहने और स्वच्छ हवा के अभाव ऐसे सामान्य कारक हैं, जो किसी आमतौर पर स्वस्थ व्यक्ति की प्रतिरक्षा प्रणाली को कमजोर कर बाहरी हमलों का शिकार बना देते हैं। किसी बीमारी या रोग से लड़ने की क्षमता मुख्य रूप से शरीर की प्रतिरक्षा प्रणाली को हमलावर तत्त्वों के विरुद्ध सशक्त बनाने पर निर्भर करती है। यहाँ बाहरी हमले से जीतने और हारने का प्रश्न होता है। यदि हम जीतने की प्रतिबद्धता के साथ अपने आप को तैयार करें तो हमारी जीत निश्चित रूप से होगी। अपने विषय में जागरूकता ही जीत का रास्ता है। हम में से हर कोई एक अलग किस्म का होता है। हम दिखते अलग हैं, हम अलग प्रकार की प्रतिक्रिया करते हैं और हमारा स्वभाव भी अलग होता है। यही विविधता कुदरत की खूबसूरती है। चेतना की सहायता से हम अपने आप को जान सकते हैं और अपनी सुरक्षा बेहतर तरीके से कर सकते हैं। मनुष्यों का इलाज करनेवाली कोई भी चिकित्सा-पद्धति समान रूप से आदर्श नहीं हो सकती है। यह हम पर निर्भर है कि हम अपने आप को कितना जान पाते हैं और चिकित्सक के पास जाने से पहले अपनी समस्याओं को किस हद तक समझ लेते हैं।

विभिन्न योगाभ्यासों के प्रभावों और उनके चिकित्सकीय महत्त्व की चर्चा हम अलग-अलग योगाभ्यासों के साथ करेंगे, लेकिन उससे पहले यह आवश्यक है कि कुछ सबसे आम व्याधियों का इलाज किया जाए।

कब्ज : यह अपने आप में एक छोटी समस्या है, लेकिन लंबे समय तक इस पर ध्यान नहीं दिया गया तो इसके कारण असाध्य सिरदर्द, बवासीर,

आँतों में सूजन और विभिन्न प्रकार के त्वचा रोग हो सकते हैं। कब्ज केवल मल-त्याग में अनियमितता नहीं है, यह मल-त्याग में किसी भी प्रकार की दिक्कत से जुड़ी समस्या भी है। मल न तो अत्यधिक कड़ा होना चाहिए, न ही ढीला। कब्ज अधिकांशतया गतिहीन दिनचर्या और भोजन में अनाजों, सब्जियों एवं फलों की कमी के कारण होता है। यह शरीर में तरल पदार्थों की कमी से भी हो सकता है। कुछ स्त्रियों में मासिक धर्म से कुछ दिनों पहले कब्ज होता है और उनमें से कुछ को बवासीर की शिकायत भी हो सकती है।

कब्ज का सबसे आसान उपाय है सुबह उठकर आधा लीटर गरम पानी पीना। पानी को पीने के बाद दोबारा मत लेटिए। अच्छा होगा, यदि आप थोड़ा टहल लें। आँतों के साथ-साथ मूत्र प्रणाली को साफ रखने के लिए सुबह के समय पानी पीना एक स्वस्थ उपाय है। यदि किसी को कब्ज न भी हो तो वह इसे एक आदत के रूप में अपना सकता है।

गले में खराश, सर्दी-जुकाम और वायरस के मामूली संक्रमण— इसी तरह की स्वास्थ्य से जुड़ी कुछ और समस्याएँ हैं। किसी भी प्रकार के संक्रमण के सामने आने से पहले रोग का रूप लेने से पहले की एक अवधि होती है। उस अवधि में हमारा शरीर उस संक्रमण से लड़ता है और हम थके-थके महसूस करते हैं। यदि हम संवेदनशील हैं और अपने शरीर की आवश्यकताओं को समझते हैं तो हमें इस प्रक्रिया की जानकारी मिल जाती है और हम ऐसे छोटे संक्रमणों से लड़ने के लिए अपने आप को तैयार कर लेते हैं। इस प्रकार के संक्रमण की शुरुआत और उसके दौरान किसी को भी अधिक नींद और खट्टे रसवाले फल तथा देसी चाय लेनी चाहिए। गरारा करने, आयुर्वेदिक चाय पीने और शहद के साथ 4-5 ताजा कुटी हुई काली मिर्च लेने से गले में खराश तथा सर्दी-जुकाम के इलाज में मदद मिलती है। असाध्य रूप से गले में रहनेवाली खराश को दूर करने के लिए प्राणायाम के अभ्यास और मुँह तथा गले की गुहा की सफाई का अत्यधिक महत्त्व है। इसकी चर्चा हम आगे करेंगे। सिट्रोनेला, यूकेलिप्टस, मेंथॉल और कपूर या बाजार में उपलब्ध इन चीजों से बने बाम को पानी में मिलाकर वाष्प लेने से गले के संक्रमण से लड़ने में मदद मिलती है तथा बंद नाक खुल जाती है।

मामूली दर्द : शरीर के किसी भी अंग या हिस्से में दर्द उस विशेष हिस्से

की अनदेखी या गलत इस्तेमाल के खिलाफ एक विरोध होता है। शरीर की प्रणाली एकदम दुरुस्त होती है और इसके अंदर हमें चेतावनी देने का एक तरीका होता है। हम जब इसका प्रयोग किसी वस्तु के रूप में करते हैं तो यह विरोध करता है। उस दर्द को दूर करने के लिए दर्द-निवारक लेने से उसका इलाज नहीं हो सकता। सबसे अहम है उस दर्द के कारण का पता लगाना। कोई भी व्यक्ति इसे अपने मन और शरीर के बीच के संबंध को स्थापित कर सीख पाता है। हमें अपने शरीर के हर दर्द पर ध्यान देना चाहिए। छोटे-से-छोटे दर्द का खयाल रखना चाहिए। सिरदर्द पाचन-क्रिया में किसी गड़बड़ी के कारण हो सकता है, जिनमें से कब्ज या अम्लता प्रमुख कारण होता है। स्वच्छ हवा की कमी, तंबाकू और शराब का सेवन भी एक कारण हो सकता है। यह जानी हुई बात है कि शराब पेट में अल्सर को जन्म देती है।

दर्द से तुरंत राहत के लिए बामों या दर्द-निवारक तेलों का बाहरी प्रयोग किया जा सकता है। लौंग का तेल दाँत के दर्द में काफी फायदा पहुँचाता है। इस तकलीफ में नमक मिले पानी से गरारा करना भी लाभ देता है। मांसपेशियों में दर्द के लिए आर्द्रता भरी गरमी, जैसे गरम पानी से स्नान, लाभकारी होता है। दर्द-निवारक तेलों के साथ-साथ गरम पानी की बोतल भी इसमें फायदा पहुँचाती है। गरम पेय, जैसे—हर्बल चाय, सामान्य काली चाय, जिसमें दालचीनी, अदरक और इलायची मिली हो, वह भी छोटे-मोटे दर्द और परेशानी से राहत देती है। मसालों को पहले पीस लिया जाना चाहिए तथा उन्हें चाय और दूध (चाहें तो) में मिलाया जा सकता है। चाहें तो मीठा करने के लिए इसमें मिश्री का इस्तेमाल कर सकते हैं। कॉफी भी हलके दर्द का इलाज करती है; लेकिन उसे बहुत स्ट्रॉन्ग नहीं होना चाहिए, क्योंकि उसके अपने ही दुष्प्रभाव होते हैं। अलग-अलग योगाभ्यासों के साथ भी दर्द की चर्चा आगे की गई है। असाध्य दर्द, जिसके बारे में पता न हो कि वह किस कारण हो रहा है, अच्छा होगा कि गहन चिकित्सकीय जाँच की सहायता ली जाए।

थकान : आजकल के समय में यह एक बड़ी समस्या है। आम तौर पर बड़े शहरों में अकसर इसकी शिकायत मिलती है। यह अत्यधिक सक्रियता और उत्साह के साथ ही शरीर को पर्याप्त आराम, नींद और शांति न देने के

कारण होती है। थकान का सबसे आसान इलाज है—इस पर ध्यान देना और आराम करना। 'आराम' का मतलब है—सारी गतिविधियों को रोक देना और 'कुछ करने' के विचार से मुक्ति पाना।

आधुनिक जीवन में सच कहें तो छुट्टी जैसी कोई चीज नहीं है। कुछ समाजों में खाली समय के दौरान विभिन्न प्रकार की गतिविधियों को करना बहुत जरूरी माना जाता है। एक थके हुए इनसान को ऐसी गतिविधियों को बंद कर पूरी तरह आराम करना चाहिए। आराम का मतलब केवल शरीर को आराम देना नहीं होता। इसका मतलब मन को शांत और स्थिर रखना है। आप अपनी पसंद की कोई पुस्तक पढ़ सकते हैं या मनपसंद संगीत सुन सकते हैं, जिससे मन एकाग्र होता है और सुकून मिलता है। यह याद रखना आवश्यक है कि थकान के बढ़ते जाने से व्यक्ति विभिन्न प्रकार के संक्रमणों के हमले का शिकार हो सकता है, और थकान को काबू में रखना हमारे ही हाथों में होता है।

योग : जीने का एक तरीका

योग का अभ्यास केवल प्रतिदिन आधे घंटे के एक सत्र तक सीमित नहीं होता। इसका आरंभ तो सुबह हमारे बिस्तर छोड़ने के साथ ही हो जाता है। हममें से अधिकांश लोग हड़बड़ी में उठते हैं। हममें से कई तो बिस्तर से कूद पड़ते हैं और तैयार होने तथा दैनिक दिनचर्या शुरू करने के लिए बाथरूम की तरफ दौड़ जाते हैं। हम ब्रश करते हैं और स्नान वगैरह करते हैं। हमें अपने आप से यह प्रश्न पूछना चाहिए—

"क्या मैं इस दौरान पूरे समय अपने साथ हूँ?"

'अपने साथ होने' का क्या मतलब है?

व्यावहारिक रूप से हम कभी अकेले नहीं होते। शारीरिक रूप से अकेला घरों में होने के बावजूद हम अपने उन तमाम लोगों के साथ होते हैं अपने विचारों के माध्यम से। इस बात को स्पष्ट करने के लिए एक छोटी सी कहानी है, जो बुद्ध के जीवन से जुड़ी है।

एक बार की बात है। बुद्ध के दो शिष्य (भिक्षुक) एक झील के किनारे टहल रहे थे, तभी उन्होंने डूबती हुई एक स्त्री के चीखने की आवाज सुनी।

भिक्षुक को स्त्रियों को छूने की मनाही थी। अब सवाल यह उठा कि क्या उन दोनों भिक्षुकों को उस नियम को तोड़ देना चाहिए या इतना निर्दयी बने रहना चाहिए कि उस स्त्री को डूब मरने के लिए छोड़ दिया जाए? एक भिक्षुक ने उस स्त्री को बचाने का निर्णय लिया। वह पानी में कूदा और उसे बचाकर बाहर निकाल लाया।

दोनों भिक्षुक जब आश्रम पहुँचे तो दूसरे भिक्षुक ने बुद्ध से अपने साथी की शिकायत की। उसने बताया कि कैसे उसके साथी ने एक स्त्री का स्पर्श किया और उसे पानी से बाहर निकाला। बुद्ध बोले, ''सुनो, मेरे प्रिय साथी, तुम्हारे साथी ने डूबती स्त्री को पानी से बाहर निकाला और उसे झील के तट पर छोड़ दिया। तुम उस स्त्री को पूरे रास्ते मन में साथ लेकर चलते रहे और यहाँ आश्रम तक लेकर आ गए।''

मन बहुत चंचल है। विचार की प्रक्रिया एक शृंखला में चलती है और यह शृंखला आजीवन हमारे अंदर चलती रहती है, वैसे ही जैसे हमारा हृदय धड़कता है और शरीर के महत्त्वपूर्ण अंग कार्य करते रहते हैं। हम अपने मन पर केवल अपने मस्तिष्क से नियंत्रण कर सकते हैं। पहले चरण में यह होता है कि हम अपने विचारों को लेकर सजग होते हैं और फिर अगले चरण में उन पर नियंत्रण करते हैं। इस अभ्यास की शुरुआत हमारे सोकर उठने के साथ ही हो जाती है। अपने साथ भीड़ को लेकर चलने की बजाय हमें अपने साथ होने का प्रयास करना चाहिए।

आप जब सोकर उठते हैं, तब अपने पूरे शरीर, उसके सारे तत्त्वों के विषय में भौतिक अर्थ में और वह बिस्तर पर जिस स्थान को घेरता है, के बारे में सोचने का प्रयास करें। आपके मन को शरीर के कार्यों पर ध्यान देना चाहिए। अगला चरण संभवत: बिस्तर से उठना और अपने आप को उत्सर्जन के लिए ले जाने का होता है। इस प्रक्रिया और उससे मिलनेवाली राहत के विषय में विचार करें। दाँतों को ब्रश करना भी आप उतने ही ध्यान से करें। क्या आप अपने दाँतों को पूरे खयाल से और चारों ओर से साफ कर रहे हैं? दाँतों की दोनों पंक्तियों की छह सतहें होती हैं। क्या आपके मसूड़े ठीक हैं? क्या आपके मुँह की गुहा साफ है? क्या आपकी जीभ साफ है?

जरा सोचिए, हममें से कितने लोग अपने शरीर के आकार, अपने पैरों, उनकी उँगलियों, नाखूनों आदि के विषय में विस्तार से जानते हैं ? नहाने के दौरान इन्हें जानना शुरू कर दीजिए। आप में से कई यह सोच सकते हैं कि यह कुछ ज्यादा ही हो गया, क्योंकि सुबह-सुबह इतनी जल्दी होती है कि आपको 'अपने साथ' होने का समय नहीं मिलता। यह एक गलत धारणा है। आपको ऊपर वर्णित अभ्यास के लिए अलग से समय नहीं चाहिए। आपको केवल अपने मन को बाहर के लोगों से हटाकर अपने अंदर की तरफ ले जाना है।

हमारे पास दर्पण होते हैं, जिनसे हम बाहरी रूप को देख पाते हैं। इसके अतिरिक्त, हमारे चारों ओर के लोग हमें बाहरी रूप को अपने दर्पण से दिखाते हैं। यदि आपके चेहरे पर कोई दाग लगा है और आप इससे अनजान रहकर बाहर चले जाते हैं तो आस-पास से गुजरनेवाले लोगों की नजर आपको एहसास दिला देगी कि कुछ गड़बड़ है; लेकिन हममें से अधिकांश लोग अपने अंदर के रूप को दर्पण में देखने का प्रयास नहीं करते। हम अपने अंदर के धन और क्षमता के बारे में नहीं जानते तथा उसे समझने का प्रयास नहीं करते, क्योंकि हमें ऐसा करने का कोई ज्ञान या प्रशिक्षण नहीं मिला होता। इस दिशा में सीखने का आरंभ इन छोटे-छोटे अभ्यासों से होता है, जब हम उन गतिविधियों पर अपने विचारों को एकाग्र करने का प्रयास करते हैं, जिनमें हम किसी विशेष क्षण में शामिल होते हैं, चाहे वह आपकी दिनचर्या की सबसे लौकिक गतिविधि ही क्यों न हो। इस प्रकार योग के अभ्यास की शुरुआत हमारे अपने साथ होने के प्रयास से होती है।

□

3

योगाभ्यास, योगासन और ध्यान

विभिन्न योगाभ्यासों तथा आसनों का विभाजन मैंने इस प्रकार किया है कि उनको 9 सप्ताहों में पूर्णतः सीखा जा सके, लेकिन आपके लिए यह बिल्कुल आवश्यक नहीं है कि आप समयबद्ध रहें। एक सप्ताह का कार्यक्रम पूर्ण करने में आप चार सप्ताह या इससे भी अधिक समय ले सकते हैं। अपने शरीर और चित्त की अवस्थाओं (आवश्यकताओं) के अनुसार आप अपनी समय-सीमा निर्धारित कर सकते हैं। हर व्यक्ति अलग-अलग होता है। कुछ लोग अन्य लोगों की अपेक्षा अधिक पुष्ट शरीर (अनम्य) होते हैं, कुछ लोगों ने इस क्षेत्र का थोड़ा अनुभव तथा प्रशिक्षण प्राप्त किया होता है। कुछ नियमित रूप से व्यायाम करते हैं, या खेल-कूद में भाग लेते रहते हैं, जबकि अन्य लोग अलस-निष्क्रिय जीवन बिताते हैं।

जैसा कि पहले भी उल्लेख किया जा चुका है कि योगाभ्यास अथवा योगासन करते हुए अपने साथ जोर-जबर्दस्ती नहीं करनी चाहिए। कोई भी कठिन आसन सीखने का तरीका यही है कि धीरे-धीरे, लेकिन नियमित अभ्यास किया जाए। जो बात कोई भी नया विषय सीखने के बारे में सत्य है, वह यहाँ भी लागू होती है कि योगाभ्यास को जीवन की दैनिक चर्या का भाग बना लेना अधिक लाभदायक है। अगर अभ्यास के बीच में लंबा अंतराल आ जाएगा, तो पहले किए गए अभ्यास के कारण शरीर में आया लचीलापन समाप्त हो जाएगा और योगाभ्यास की शुरुआत फिर नए सिरे से करनी पड़ेगी।

प्रत्येक सप्ताह के कार्यक्रम में विभिन्न प्रकार के चार या पाँच योगाभ्यास रखे गए हैं। उन्हें भली प्रकार सीख लेने पर बाद के अधिक कठिन तथा जटिल आसन एवं ध्यान की क्रियाएँ कर सकने का मार्ग खुलता है। अच्छा तो यही

रहेगा कि अगले सप्ताह के योगाभ्यास एवं आसनों का कार्यक्रम तब तक शुरू न किया जाए, जब तक पिछले सप्ताह के कार्यक्रम में सिद्धहस्तता हासिल न हो जाए और उन योगाभ्यासों से सुस्थिरता प्राप्त न हो। सतत योगाभ्यास और उसके साथ संयमित श्वसन-क्रिया से शरीर धीरे-धीरे सुखद अवस्था का अनुभव करता है। योगाभ्यास करते समय यह आवश्यक है कि शारीरिक गतिविधि और श्वसन-क्रिया को एकलय करने पर आपका ध्यान पूर्णतः केंद्रित रहे। इन दोनों से न केवल शरीर की मांसपेशियों और जोड़ों का व्यायाम होता है, बल्कि शरीर के आंतरिक अंगों की जीवनी शक्ति बढ़ती है। इस प्रकार योगाभ्यासों का संबंध मानव-शरीर रचना के समूचे जटिल तंत्र से जुड़ा होता है और इनके द्वारा शरीर और मन के बीच एक सुंदर संतुलन स्थापित होता है।

आजकल आमतौर पर देखा गया है कि योगाभ्यास और योगासनों का वर्णन करते हुए शरीर-रचना एवं अंगों के रेखा-चित्र अवश्य दिए जाते हैं। संभवतः इसका कारण शरीर और मन से संबंधित इस प्राचीन संस्कृति के भौतिक विज्ञानी आधार पर जोर देना अभिप्रेत होता है। इस पुस्तक में मैंने रेखाचित्र दो कारणों से नहीं दिए। एक तो यह कि मैं समझती हूँ कि यह तो अपने इस झूठे अहंकार को संतुष्ट करना है कि प्राचीन सभ्यतावाले लोग, आज के लोगों की तुलना में कम 'वैज्ञानिक' थे और इसीलिए ये रेखाचित्र देकर हम यह सिद्ध करना चाहते हैं कि हमारे कार्य का वैज्ञानिक पहलू ही यह है। दूसरा कारण यह है कि मेरा प्रयास है कि मैं आपको अपनी उन मांसपेशियों, जोड़ों और अंगों का अनुभव कराऊँ, जो किसी विशिष्ट योगाभ्यास अथवा 'योगासन' में प्रयुक्त होते हैं, न कि शरीर के विभिन्न अंगों के 'लैटिन' नाम याद कराने की चेष्टा करूँ।

पहला सप्ताह

(क) दबाने और लुढ़कने से शरीर गरमाना

मन का क्षितिज बहुत विस्तृत है और वह बहुत ही शीघ्रता से दूर-दूर के स्थानों, व्यक्तियों और वस्तुओं तक जा पहुँचता है। हम अत्यंत मूलभूत तत्त्व से ही अपना अभ्यास आरंभ करते हैं और मन के आकाश को छोटा करने का प्रयास करते हैं। हम अपने मन या चित्त को अपने शरीर की ओर लाते हैं और अपने शरीर के विषय में जितना अभी जानते हैं, उससे अधिक जानना-समझना आरंभ करते हैं।

सबसे पहले किसी सुविधाजनक तथा तनावरहित मुद्रा में बैठ जाइए। आपकी गरदन और कंधों में किसी प्रकार का तनाव नहीं रहना चाहिए। ध्यान रखिए कि आप सीधे बैठे हैं और आपकी कमर झुकी हुई नहीं है। अपने एक पाँव को दोनों हाथों से दबाना आरंभ कीजिए और ऐसे ही दबाते हुए ऊपर की तरफ बढ़ते जाइए (आकृति-3)। अपने हाथों से अपनी टाँग को चारों तरफ से दबाइए। शरीर के जिस हिस्से को आप दबा रहे हैं, उस पर अपना ध्यान भी जमाइए। अपनी टाँग को ऊपर तब तक दबाते चले जाइए, जब तक आप कूल्हे के जोड़ तक न आ जाएँ। इसी तरह अपनी दूसरी टाँग दबाइए।

चित्र-3

आपका अगला कदम यह होगा कि आप अपने एक हाथ से दूसरे हाथ को दबाना आरंभ करें और दबाते-दबाते ऊपर कंधे तक जाएँ, फिर गरदन के भाग को और सिर को दबाएँ। यही क्रम दूसरे हाथ से बदन के दूसरे भाग पर करें। अब अपने दोनों खुले हाथों से अपने पेट को हलके-हलके दबाएँ और ऊपर छाती तक दबाते हुए चले जाएँ (आकृति-4)। उसके आगे अपनी गरदन और अपने चेहरे को ऊपर तक दबाएँ और पीछे सिर एवं गरदन को दबाएँ।

चित्र-4

इस प्रकार दबाने से आप अनुभव करेंगे कि आपने अपनी पीठ को छोड़कर, शरीर के सभी अंगों को छुआ, दबाया और अनुभव किया। अगला अभ्यास आपकी पीठ से संबंधित है।

अब पीठ के बल चित लेट जाइए। अपनी दोनों टाँगों को मोड़कर अपनी छाती के पास ले आइए। अपनी दोनों बाँहें व दोनों टाँगों को दोनों ओर से घेरते हुए मिलाइए और दोनों हाथों को पकड़ लीजिए या गुंफी डाल लीजिए। अब अपने सिर को घुटनों की

तरफ उठाइए और अपने शरीर को आगे-पीछे की ओर लुढ़काइए (आकृति-5)। इससे आपकी पीठ को राहत का अनुभव होगा। इस क्रिया को 5-6 बार दोहराइए। इस अभ्यास का अगला चरण यह है कि अपनी मुद्रा तो उसी प्रकार रखिए, लेकिन आगे-पीछे की ओर लुढ़कने के बजाय शरीर को दाईं-बाईं ओर लुढ़काइए (आकृति-6)। इस क्रिया को भी 5-6 बार कीजिए।

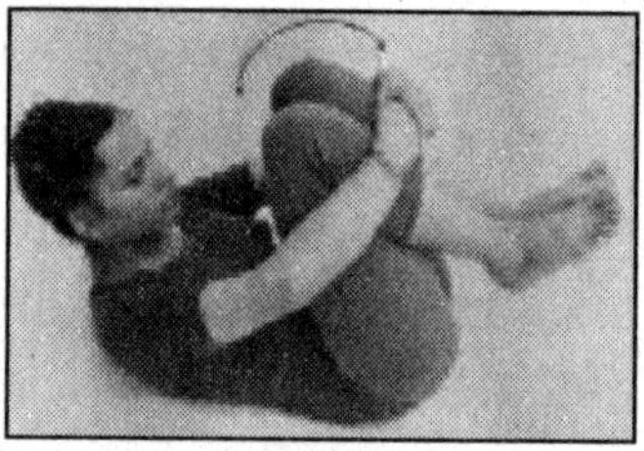

चित्र-5

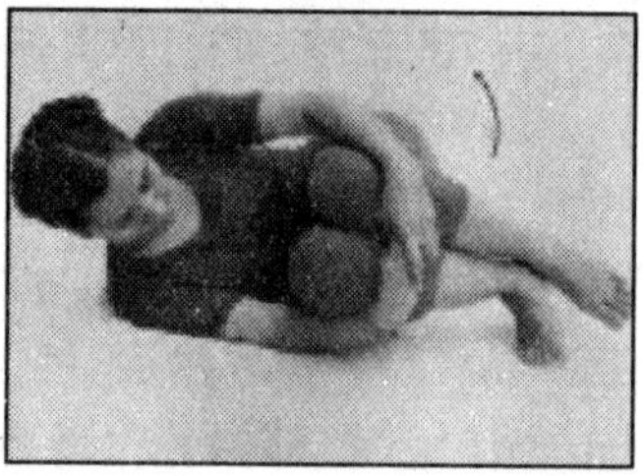

चित्र-6

इसके लाभ : इस प्रकार दबाने और लुढ़काने से शरीर की सक्रियता बढ़ती है और रक्त-संचार भी बढ़ेगा। इससे आपके मन का भटकना बंद होने और उसे शरीर पर केंद्रित करने में सहायता मिलती है।

(ख) शवासन

संस्कृत में 'शव' का अर्थ है मृत शरीर। शवासन का अर्थ है मृत शरीर के समान होना अर्थात् अपने शरीर के सभी अंगों को ढीला छोड़ देना, जिससे शरीर पूर्ण विश्रांति की अवस्था में आ सके। चित्र (आकृति-7) से यह भले ही बहुत आसान लगे, लेकिन इस संबंध में मैं यह चेतावनी दे देना चाहती हूँ कि शरीर को पूर्ण विश्रांति की अवस्था में लाना खासा कठिन काम है। शरीर को इस स्थिति में लाने से मानसिक दबाव आपमें तनाव उत्पन्न कर सकता है। इसलिए कृपया इसे सहज भाव से कीजिए। अपने मन में बार-बार मत कहिए कि 'मुझे विश्रांत होना ही चाहिए!-मुझे विश्रांत होना ही चाहिए!' विश्रांति की अवस्था में आने का भी एक तरीका होता है, जिससे यह प्रक्रिया स्वत: स्फूर्त रूप से होना संभव है।

पीठ के बल चित लेट जाइए। अपने हाथों और पाँवों को थोड़ा-सा चौड़ा करके रखिए। हाथों की हथेलियाँ ऊपर की तरफ रखिए (आकृति-7)। अपनी आँखें बंद कर लीजिए। आपके दोनों कंधों और गरदन में कोई तनाव नहीं होना चाहिए। माथा भी सहज और किसी आवेग से रहित हो। इस तरह से शरीर के सभी अंगों को निढाल बनाकर आप उन अंगों के विषय में विस्तारपूर्वक सोचना

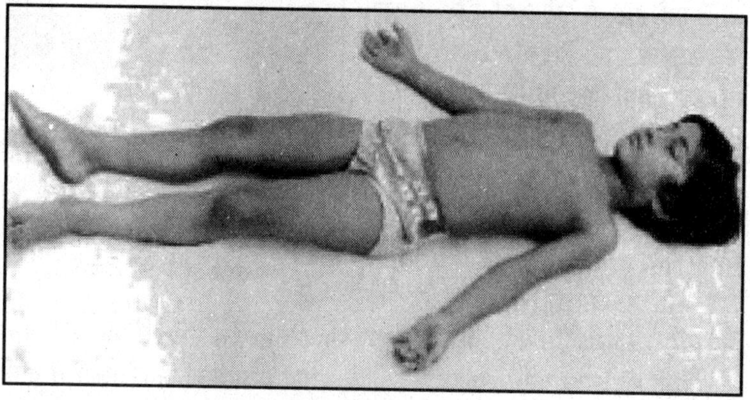

चित्र-7

शुरू कीजिए। विचारों को अपने शरीर के किसी अंग-विशेष, उदाहरण के लिए दाहिने पैर पर केंद्रित कीजिए। सोचिए कि आपका पैर कैसा लगता है और फिर ध्यान टखने पर लाइए। जिस प्रकार आपने अपना पैर दबाया था, उसी प्रकार अपने सोच को ऊपर की ओर बढ़ाते जाइए, लेकिन इस बार दबाने के लिए नहीं, बल्कि विचार करने के लिए। इस अवस्था में आप अपने शरीर की अवस्था एवं स्वरूप को मानसिक स्तर पर जान रहे होते हैं, स्पर्श के माध्यम से अनुभव नहीं कर रहे होते। कल्पना कीजिए कि आपके शरीर के सभी अंग भारी होते जा रहे हैं। शरीर के हर अंग के विषय में यह भारीपन अनुभव कीजिए। भारीपन की इस धारणा के साथ-साथ आपकी श्वास की गति भी धीमी होती जाएगी। इस आसन की अवस्था में दो से चार मिनट तक अथवा जब तक अच्छा लगे, तब तक रहिए। इसके बाद धीरे-धीरे उठिए।

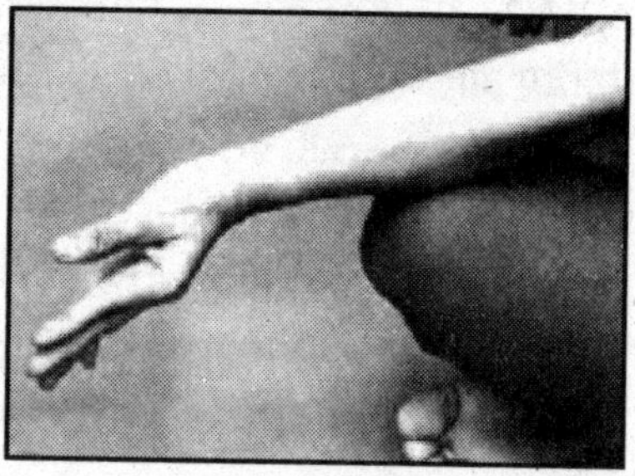

(चित्र-8 उँगली योग)

इसके लाभ : यह आसन विशेष रूप से शरीर को विश्रांति प्रदान करने और तनाव एवं अनिद्रा पर नियंत्रण करने में सहायक होता है। यदि लंबे अरसे तक काम करने के कारण कोई थकान का अनुभव करे, तो उसे यह आसन करना चाहिए। यह संपूर्ण शरीर को नई शक्ति देनेवाला आसन है।

सुझाव : यह आसन उन वयोवृद्ध लोगों के लिए बहुत हितकर होता

है, जिन्हें रात में ठीक से नींद न आने की समस्या होती है। बीमार और बिस्तर से लगे लोगों को भी यह आसन करने का परामर्श दिया जाता है, जिससे उन्हें मानसिक विश्रांति प्राप्त हो सके। जो लोग जल्दी चिंताकुल हो जाते हैं या जिन्हें बहुत अधिक भाग-दौड़ करनी पड़ती है, उन्हें भी इस आसन से बहुत हद तक लाभ मिल सकता है। यह आसन उच्चपदस्थ लोगों, जैसे मैनेजरों और उन अन्य लोगों को भी करने की सलाह दी जाती है, जिन्हें तनावपूर्ण अवस्थाओं में काम करना होता है।

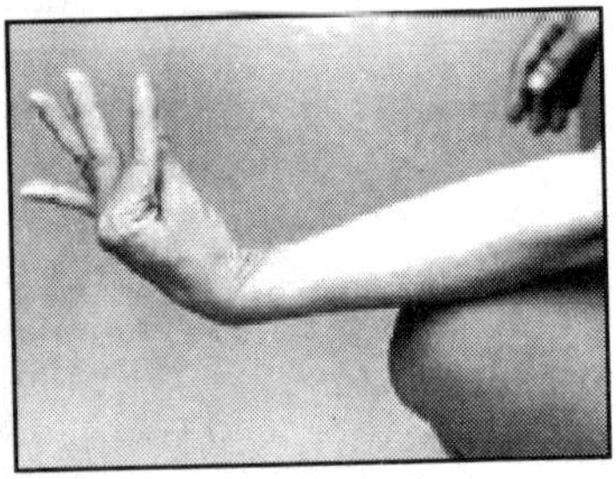

(चित्र-9 उँगली योग)

(ग) हाथों, उँगलियों और पैरों के लिए योगाभ्यास

हाथों का योगाभ्यास : इस योगाभ्यास में कलाई से हाथ को चारों ओर घुमाना होता है। इसमें कुहनी अपनी जगह रहती है और कुहनी से कलाई तक की बाँह के सहारे हाथ को चारों ओर घुमाते हैं।

पूर्वाभ्यास : सुखकर मुद्रा में बैठ जाइए और अपने घुटने पर कुहनी से नीचे की बाँह का भाग रख लीजिए। कलाई पर से अपने हाथ को जितना संभव हो, उतना झुकाइए। अब हाथ को पीछे मोड़िए, दाहिने मोड़िए और बाईं ओर मोड़िए। इसका अगला कदम होगा, कलाई पर से हाथ को ऐसे घुमाना, मानो आप हवा में कोई चक्र बना रहे हों। यदि आपकी बाँह कुहनी पर रहती है और कलाई पर से ही हाथ घूमता है, तब आपने इस अभ्यास के मूल तत्त्व को समझ लिया है।

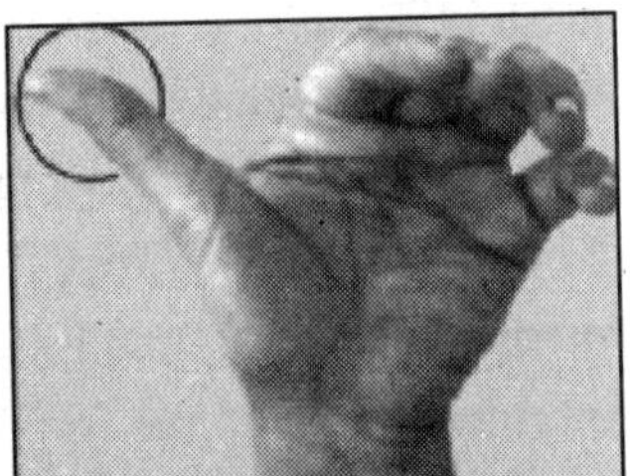

(चित्र-10 उँगली योग)

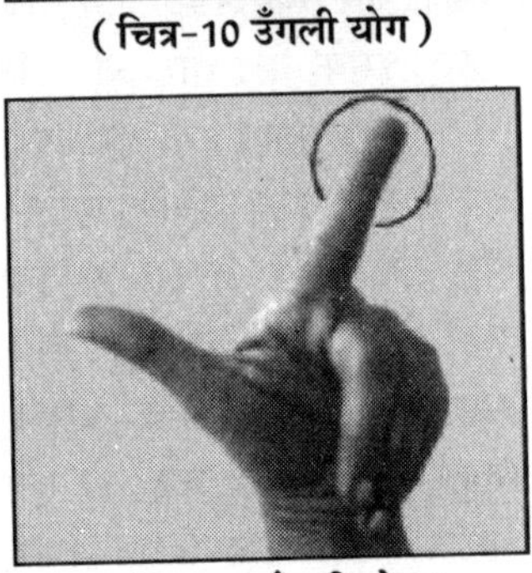

(चित्र-11 उँगली योग)

योगाभ्यास : ऊपर बताई गई मुद्रा में बैठे रहिए। शरीर को ढीला रखिए और चंद

गहरी-गहरी साँसें लीजिए। अब ऊपर बताई हुई प्रक्रिया से कलाई पर से हाथ को घुमाइए (आकृति-8-9)। अपने हाथ को तान मत लीजिए और हाथ की उँगलियों को खुला रखिए। अब अपनी आँखें बंद कर लीजिए और अपना ध्यान अपने हाथ की हरकत पर रखिए एवं अनुभव कीजिए कि इस हरकत में आपकी बाँह के कुहनी से नीचे तथा ऊपर के भागों की किन-किन मांसपेशियों की हरकत होती है और किस प्रकार कलाई व कुहनी के जोड़ों की हरकत संभव होती है। आप दोनों हाथों से एक साथ यह अभ्यास कर सकते हैं। इस संबंध में दो बातें विशेष रूप से ध्यान में रखने की हैं—पहला, हाथ को बहुत धीरे-धीरे चलाइए और दूसरा, अपने हाथ तथा कलाई को अकड़ाइए मत। इस क्रिया को आठ-दस बार कीजिए और कुछ क्षणों तक विश्राम कीजिए। हाथ घुमाने की क्रिया फिर आरंभ कीजिए, लेकिन इस बार पहली बार की क्रिया से उलटी दिशा में घुमाइए (यदि पहले बाएँ से दाएँ घुमाया था, तो अब दाएँ से बाएँ घुमाइए)।

इसके लाभ : इस क्रिया से कलाई के जोड़, कुहनी के जोड़ तथा हाथ की मांसपेशियों का व्यायाम होता है। इससे कुहनी से नीचे तथा ऊपर की मांसपेशियों की भी शक्ति बढ़ती है।

उँगलियाँ : पहले अभ्यास की तरह उसी मुद्रा में बैठिए। उसी प्रकार अपने अँगूठे तथा बाद में अपनी अन्य उँगलियों को बार-बार घुमाइए (आकृति-10-11)। इस अभ्यास को अँगूठे तथा उँगलियों के हथेलीवाले जोड़ से करना है। यह अभ्यास धीरे-धीरे करना चाहिए। आप पाएँगे कि अँगूठे तथा तर्जनी उँगली को घुमाना शेष तीन उँगलियों—मध्यमा, अनामिका एवं कनिष्ठा की अपेक्षा सरल है। इसका कारण यह है कि इन उँगलियों की पेशियाँ तथा जोड़ों का विशेष उपयोग अधिक नहीं होता। इस अभ्यास को पहले दिन कुछ बार ही कीजिए, क्योंकि यह थकानेवाला है। अभ्यास करते समय यह ध्यान करने और अनुभव करने की कोशिश कीजिए कि इन क्रियाओं में बाँह के ऊपर-नीचे के भाग की अनेक मांसपेशियाँ भी प्रयुक्त होती हैं।

इसके लाभ : यह अभ्यास उँगलियों को शक्ति देता है और नाड़ियों के लिए अच्छा होता है। संभवत: आपमें से कुछ लोगों को ज्ञात हो कि चीनी लोग हाथों की मालिश के द्वारा चिकित्सा भी करते हैं। यह अभ्यास उसी दिशा में एक प्रयास होता है कि यह हृदय की मांसपेशियों के लिए भी लाभप्रद होता है। यह उन लोगों के लिए विशेष लाभप्रद है, जो टाइपराइटर चलाते हैं और

कंप्यूटर के की-बोर्डों पर काम करते हैं। यह अभ्यास उँगलियों के संधिवात रोग से बचाव भी करता है।

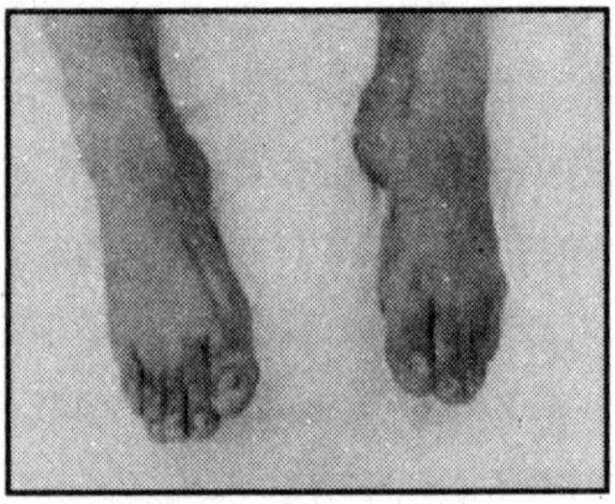

(चित्र-12 : पैर का योग)

सुझाव : यह योगाभ्यास ऐसा है, जिसे आप बस, ट्राम या रेलगाड़ी, किसी डॉक्टर, या वकील, या ग्राहक की प्रतीक्षा में बैठे अथवा ऐसी ही किसी अन्य स्थिति में भी कर सकते हैं। इस प्रकार आप उस समय का अधिक लाभकर रूप में उपयोग कर सकते हैं।

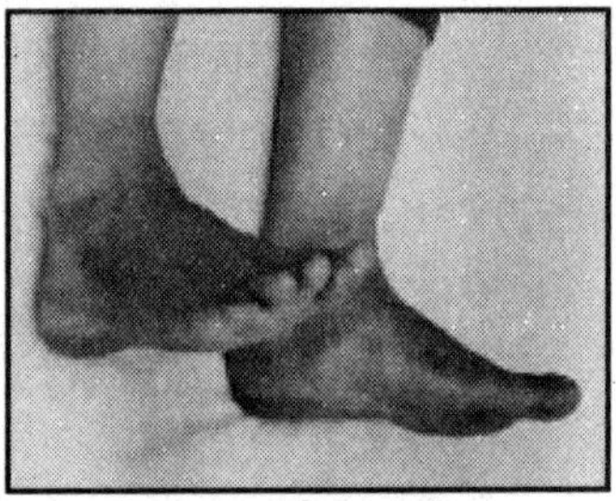

चित्र-13 : पैर का योग)

पैर : यह अभ्यास भी उसी प्रकार का है, जैसा हाथ को चलाने के लिए ऊपर वर्णित किया गया। यहाँ टखने से पैर के अग्रभाग को हवा में घुमाने का काम किया जाता है। इसमें घुटना तथा टाँग के निचले भाग को स्थिर रखना होता है। हाँ, पैर घुमाते समय पेशियों में जो हरकत होती है, वह वही होती है।

पूर्वाभ्यास : पीठ के बल चित लेट जाइए। अपने दोनों पैरों के बीच 30-40 सेंटीमीटर की दूरी रखिए। पाँवों को आगे की तरफ जितना फैला सकते हैं, उतना फैलाइए। पैरों को पूर्वावस्था में लाकर फिर आगे की तरफ, फिर दाईं ओर तथा बाईं ओर क्रमशः मोड़िए। पाँवों को इस तरह फैलाने का आपके पाँवों, टखनों तथा घुटनों के जोड़ों की पेशियों पर क्या प्रभाव पड़ा, इसे अनुभव करने की कोशिश कीजिए। अब अपने पंजे को टखने से चक्राकार हवा में घुमाइए।

योगाभ्यास : तनावरहित होकर अपने शरीर को ढीला छोड़ दीजिए। पैरों पर ध्यान केंद्रित कीजिए। उन्हें आगे की ओर ले जाइए और ऊपर बताए तरीके से पैर को हवा में चक्राकार घुमाइए। शुरुआत दाहिनी तरफ से कीजिए और चक्कर की समाप्ति बाईं तरफ से पंजा वापस लाकर कीजिए (आकृति-12-13)। पैर को धीरे-धीरे और आराम से चलाइए। एक चक्कर पूरा करके दो-तीन क्षणों तक विश्राम कीजिए और फिर पाँव का चक्कर लगाइए। विपरीत दिशा में पैर का चक्कर लगाना आरंभ करने से पहले कुछ अधिक विश्राम (10-15 मिनट

तक) करना चाहिए। जब आपको भरोसा हो जाए कि पाँव का चक्कर ठीक से लग रहा है तो यह चक्कर एक श्वास में पूरा करके लगना चाहिए। पैर की क्रिया आरंभ करते समय श्वास धीरे-धीरे भीतर लीजिए और जब आधा चक्कर पूरा हो जाए, तो धीरे-धीरे श्वास छोड़ना आरंभ कीजिए। श्वास पूरी तरह निकालने तथा पैर का चक्कर पूरा होने का काम एक साथ होना चाहिए। श्वास लेने और श्वास निकालने का क्रम बहुत तेजी से नहीं होना चाहिए। श्वसन-क्रिया और पैर के चक्कर में समलयता अभ्यास से आती है। यह अभ्यास कर पाने के लिए स्वयं को कुछ समय दीजिए और यदि यह नहीं हो पा रहा है, तब भी तनावग्रस्त मत होइए।

इसके लाभ : जो लोग पाँव को बंद रखनेवाले जूते या ऊँची हील के सैंडिल आदि पहनते हैं, उनके लिए यह बहुत ही स्वास्थ्यप्रद अभ्यास है। यह थके हुए टखनों को बहुत राहत देता है। यह घुटने के जोड़ों और टाँग की पेशियों, खासकर आगे-पीछे की पिंडलियों के लिए लाभकर सिद्ध होता है।

सुझाव : हाथों, उँगलियों तथा पाँवों के ये अभ्यास उन लोगों को विशेष रूप से करने चाहिए, जो बीमारी या किसी अन्य कारण से शारीरिक हरकत नहीं कर पाते। ये तीनों योगाभ्यास दुर्घटना के बाद कलाई तथा टखने के जोड़ों और मांसपेशियों को पुष्ट करने के लिए बहुत लाभप्रद हैं, लेकिन इन योगाभ्यासों को धीरे-धीरे ही अपनाना चाहिए, ताकि चिकित्सा से स्वास्थ्य-लाभ कर रहे अंगों को किसी प्रकार की हानि न पहुँचने पाए।

(घ) उत्तानपाद आसन

इस शृंखला के चार अलग-अलग आसन हैं। इसके प्रथम आसन में चित लेटकर एक टाँग ऊपर उठानी होती है और दूसरे आसन में दोनों टाँगें एक साथ ऊपर उठानी होती हैं। तीसरे और चौथे आसनों को भी क्रमशः ऐसे ही करना होता है, लेकिन इसके लिए पेट के बल उलटा लेटना होता है।

(अ) शवासन की भाँति पीठ के बल चित लेट जाइए। शरीर को ढीला छोड़कर दो-चार गहरी-गहरी साँसें लेनी चाहिए और अपनी दाहिनी टाँग पर ध्यान केंद्रित करना चाहिए। इसके बाद साँस खींचते समय पूरी टाँग को ऊपर उठाएँ। इसे जितना ऊपर तक ले जा सकते हों, ले जाएँ और वहाँ रुक जाएँ (आकृति-14)। इस स्थिति में अपने भीतर ही साँस रोकें। साँस छोड़ने के साथ-साथ

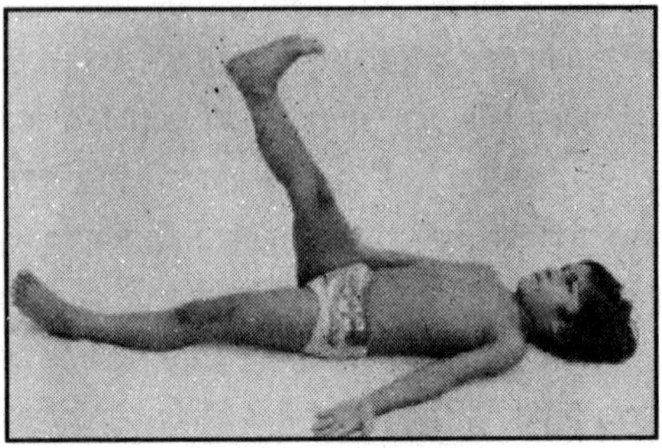

(चित्र-14 : उत्तानपादासन)

टाँग को नीचे की ओर लाना शुरू करें और धीरे से फर्श पर रखें। इस आसन में टाँग घुटने पर से मुड़नी नहीं चाहिए और उसे ऊपर उठाने या नीचे लाने का सारा जोर जाँघ पर पड़े। पूरी टाँग एक सीध में रहनी चाहिए। आपका विचार टाँग के उठने-गिरने और आपकी श्वसन-क्रिया की समलयता पर केंद्रित होना चाहिए। ये दोनों एक लय में होने चाहिए। दाहिनी टाँग से यह क्रिया कर लेने के बाद कुछ क्षणों तक रुकें और फिर बाईं टाँग से यही अभ्यास करना चाहिए। यह आसन एक टाँग के बाद दूसरी टाँग से बारी-बारी से करना चाहिए।

(आ) इस शृंखला के दूसरे आसन में दोनों टाँगें ऊपर उठानी होती हैं। दोनों टाँगों को पास-पास रखें, ताकि दोनों पैर एक-दूसरे को छुएँ। इसी अवस्था में दोनों टाँगें ऊपर की ओर ले जाएँ (आकृति-15)। श्वसन-क्रिया तथा अन्य बातें उसी प्रकार करनी हैं, जैसी पिछले आसन में की थीं। यह आसन करते समय यह ध्यान में रखना है कि गरदन और बाँहें न हिलें। आपके कंधे और आपकी पीठ का ऊपरी भाग तनावरहित हो। घुटनों से आपकी टाँगें मुड़ें भी नहीं और

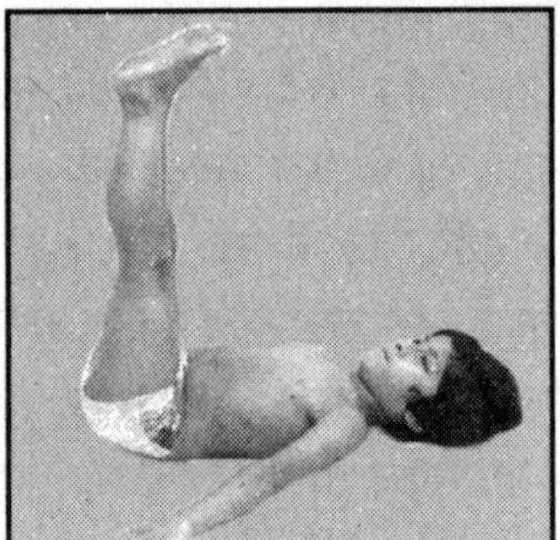

(चित्र-15 : उत्तानपादासन)

पैरों का उठाना तथा गिराना धीरे-धीरे हो। आपका चित्त आपकी टाँगों के ऊपर उठने तथा नीचे आने और श्वसन-क्रिया की समरसता पर केंद्रित रहे। श्वास सहज रूप से और धीरे-धीरे लें तथा छोड़ें।

(इ) तथा (ई) ये दोनों आसन पिछले दो आसनों जैसे ही हैं। अंतर यही है कि ये दोनों आसन पेट के बल पट लेटकर करने होते हैं (आकृति-16-17)।

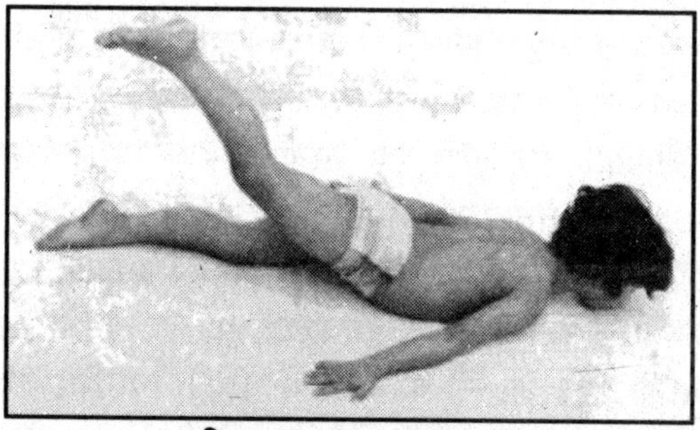

(चित्र-16 : उत्तानपादासन)

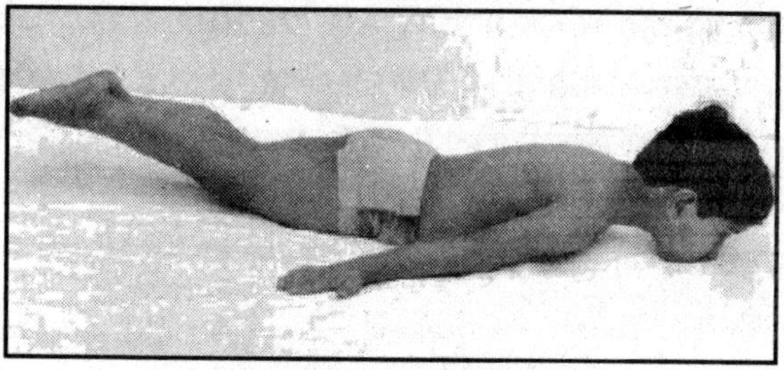

(चित्र-17 : उत्तानपादासन)

संभावित कठिनाइयाँ : कुछ लोग ये आसन करते हुए अनुभव कर सकते हैं कि उनकी एक टाँग दूसरी टाँग की अपेक्षा कुछ कमजोर है। टाँगें ऊपर उठाते समय उनको दर्द हो सकता है। टाँग में दर्द या असुविधा होने का कारण माँसपेशियों की कमजोरी, कूल्हे के जोड़ में कोई खराबी या नाड़ी-तंत्र में कोई विकार हो सकता है। दोनों में से कोई टाँग छोटी-बड़ी हो, इस कारण से भी दर्द हो सकता है। इन आसनों से कमजोर टाँग को शक्तिशाली बनने में सहायता मिलती है, लेकिन ये आसन करते समय कमजोर अंग का पूरा-पूरा खयाल रखना चाहिए।

इसके लाभ : आसन 'अ' तथा 'आ' कूल्हे के जोड़, पेडू की पेशियों और विशेषकर आँतों तथा पेट के लिए लाभदायक होते हैं। इनसे कब्ज दूर करने तथा भूख बढ़ाने में मदद मिलती है। ये चरबी घटाने तथा उदर की मांसपेशियों को भी सबल बनाने की दृष्टि से लाभप्रद हैं। आसन 'इ' और 'ई' कूल्हे और पीठ के नीचे के भाग की मांसपेशियों को सबल बना देते हैं और ये कमर के लिए अच्छे व्यायाम हैं। ये उदर की अनावश्यक चरबी को पचाने की दृष्टि से भी अच्छे हैं।

इन चार आसनों से उपचार-संबंधी लाभ यही है कि ये टाँग में उठनेवाले दर्द (साइटिका) में आराम पहुँचाते हैं। इस दर्द को ठीक करने के लिए इन आसनों को लगातार लंबे अरसे तक करना चाहिए। साइटिका दर्द होने के दो मुख्य कारण—थकान तथा सर्दी लग जाने से होते हैं। इसके लिए पर्याप्त विश्राम करना चाहिए और शरीर को गरम रखना चाहिए। इस उपचार के साथ बाम अथवा दर्द निवारक तेल आदि को दर्दवाली जगह पर लगाना चाहिए।

सावधानी : इन आसनों के करने में गरदन तथा सिर तक समूचे शरीर को जबर्दस्त प्रयास करना पड़ता है। टाँगों को तेजी से ऊपर ले जाना सुगम है, लेकिन टाँगों को धीरे-धीरे ऊपर उठाने, उन्हें उसी स्थिति में रोकने और धीरे-धीरे नीचे लाने में न सिर्फ मांसपेशियों तथा जोड़ों पर जोर पड़ता है, बल्कि उदर के आतंरिक अंगों में भी खिंचाव होता है। शुरू-शुरू में इन आसनों को कुछ बार ही कीजिए और बाद में उनकी संख्या धीरे-धीरे बढ़ाइए। यदि आपको इनसे अधिक थकान हो अथवा आप स्वस्थ अनुभव न करें, तो इन आसनों को मत कीजिए।

दूसरा सप्ताह

(क) विगत अभ्यास पर एक दृष्टि

योगाभ्यास सीखने का अगला चरण अपने विगत अभ्यास पर फिर से दृष्टि डालने से आरंभ करता है। अब तक आपने जो योगाभ्यास सीखे हैं, क्या आप उनसे सहज आराम महसूस करते हैं ? क्या आपकी गतिविधियाँ और श्वसन-क्रिया एकलय में रहती हैं ? आपका श्वास खींचना या श्वास निकालना झटके के साथ नहीं होना चाहिए। श्वसन-क्रिया की गति मंद और नियमित होनी चाहिए।

योगाभ्यास आरंभ करनेवालों के समक्ष दो बड़ी समस्याएँ आती हैं। पहली समस्या यह होती है कि अधिकांश लोग अपने अंगों को ढीला नहीं छोड़ पाते।

वे अकड़े रहते हैं और उनकी मांसपेशियाँ तथा कमर-पीठ तनाव की अवस्था में रहते हैं, मानो उनकी काया 'सावधान' की मुद्रा में हो। संभवतः यह हमारी आधुनिक सभ्यता का मायाजाल है और शरीर की यह अवस्था रहने का कारण भी यही है कि लोग बहुत अधिक भाग-दौड़वाली जिंदगी जीते हैं। उनके दिमाग में लगातार यही भाव जमा रहता है कि हमें कुछ-न-कुछ करते रहना है और अधिक-से-अधिक भौतिक पदार्थ तथा विलास-सामग्रियाँ जुटानी हैं। हर व्यक्ति को हर काम बहुत तेजी से निपटाना पड़ता है और इस प्रक्रिया में किसी के पास समय नहीं है। बिना कुछ करते हुए बैठना, विचार करना, विश्राम करना और अपनी अस्मिता तथा जिस ब्रह्मांड में हम रहते हैं, उसके विषय में सचेत होना, मानो कोई घटिया काम हो। 'सचेतन कैसे होना है', यह काम भी सुसंगठित संस्थाओं द्वारा कराया जाता है और इसे भी 'कुछ करने' की श्रेणी में रखा जाता है। हम संभवतः भूल ही गए कि जीवन का सबसे सरल भाव है—व्यक्ति का 'होना' और 'अपने साथ होना'।

योगाभ्यास आरंभ करनेवाले लोगों के सामने जो दूसरी कठिनाई आती है, वह है—गतिशीलता की रफ्तार। व्यक्ति शरीर के विभिन्न अंगों का तेजी से संचालन करते हैं, क्योंकि वैसा करना आसान होता है। इसके विपरीत योगाभ्यास करते समय व्यक्ति को अपने आप को बार-बार स्मरण दिलाना पड़ता है कि उसे अंग-संचालन बहुत ही धीमे-धीमे करना है। हम सामान्य जीवनयापन के दौरान इस प्रकार की मंद गतिविधि के अभ्यस्त ही नहीं होते।

(ख) मुँह, कंठ और गले की सफाई

भोर में तड़के जब भारतीय अपना मुँह, गला आदि साफ करते हैं, तो गले से भाँति-भाँति की आवाजें निकलती हैं। यह भारत का एक विशेष ध्वनि जगत् है, किंतु नए युग के लोग ऐसे लाभकारी अभ्यासों की उपेक्षा कर रहे हैं।

यह सफाई सवेरे ही, कुछ खाने से पहले और यदि आप सवेरे खाली पेट पानी पीते हैं तो उसके कुछ मिनट बाद करनी चाहिए।

सबसे पहले अपने दाँतों को ब्रश से साफ कीजिए। ब्रश को ऊपर तथा नीच के दाँतों की तीनों दिशाओं में ले जाइए और गहरे आखिरी दाँत तक साफ कीजिए। उसके बाद मुँह में पानी लेकर कई बार अच्छी तरह कुल्ला कीजिए। यह बहुत महत्त्वपूर्ण है, खास करके आज के जुमाने में, जबकि हम भली-भाँति जानते हैं

कि टूथपेस्ट में सोडियम डोडिसिल सल्फेट सरीखे नशीले पदार्थ मिले होते हैं, जो मसूड़ों की कोशिकाओं को घुलाते हैं। अंततः ये पेस्ट दाँतों की रक्षा करने के स्थान पर उनका क्षरण करते हैं। मुँह में अच्छी तरह कुल्ला कर लेने के बाद अपनी जीभ को बाहर निकालिए और उसे दाँतोंवाले ब्रश से धीरे-धीरे साफ कीजिए। कुल्ला करने और जीभ साफ करने की क्रिया को दो-तीन बार कीजिए। इसके लिए अपनी जीभ को अधिक-से-अधिक जितना बाहर निकाल सकते हों, निकाल लीजिए और उसे अपने ब्रश या उँगली से हलके-हलके साफ कीजिए। इससे गले के भीतरी भाग में कुछ आवाज होगी, आपको खाँसी आएगी और आपके मुँह से कुछ राल जैसा गाढ़ा रस-सा निकलेगा। इसके साथ ही पेट भी कुछ भीतर को जाएगा। इस अतिरिक्त राल को थूक दीजिए और फिर से कुल्ला कीजिए। आपमें से जिन लोगों ने प्रातः उठकर पानी पिया होगा, उन्हें कुछ उलटी (कै) भी हो सकती है, जिसमें पानी निकलेगा। अगर आपका पेट स्वस्थ अवस्था में होगा, तो उलटी से जो पानी निकलेगा, उसमें न कोई बदबू होगी और न कोई स्वाद। अगर इस पानी का स्वाद कड़वा या खट्टा हो और उससे बदबू आए, तो वह इस बात का प्रमाण है कि आपका पेट स्वस्थ नहीं है। योग की भाषा में इसे 'जल धौति' कहा जाता है, जिसका शाब्दिक अर्थ है—जल से शुद्धि। इस क्रिया में गुनगुना पानी पिया जाता है और फिर उसे उलटी करके निकाल दिया जाता है। मैंने इस क्रिया में थोड़ा-सा संशोधन कर दिया है, जिससे आप यदि उलटी करने के उद्देश्य से पानी न भी पिएँ, तब भी आप गले के भीतरी भाग की सफाई करने और पेट का व्यायाम करने के लिए इस क्रिया का प्रयोग कर सकते हैं।

इसके लाभ : यह क्रिया दाँतों और मसूड़ों की सुरक्षा के लिए स्वास्थ्यकर है। यह मुँह की दुर्गंध दूर करती है तथा गले की रस-ग्रंथियों को सक्रिय कर देती है। इससे उनमें समुचित क्रियाशीलता आ जाती है। गले में जो भी छोटे-छोटे सक्रमण हो गए हों, उन्हें भी यह दूर कर देती है। इससे पेट का व्यायाम हो जाता है, पाचन-क्रिया अच्छी होती है और अम्लता भी दूर होती है।

सुझाव : यह विशेष रूप से उन लोगों को करनी चाहिए, जिनका गला अकसर खराब हो जाता है, लेकिन इसके साथ-साथ इन लोगों को पिछले अध्याय में बताई गई सावधानियाँ भी बरतनी चाहिए और इलाज भी करना चाहिए। यह क्रिया उन लोगों को भी करने का परामर्श दिया जाता है, जिनका पेट जल्दी-जल्दी गड़बड़ हो जाता हो।

(ग) जबड़े की हड्डियों तथा मांसपेशियों के आसन

आकृति-18वीं तथा 19वीं में तीन वर्षीया गायत्री ऐसी लग सकती है, जो अपनी जीभ को दो अलग-अलग तरीकों से बाहर निकाले हुए किसी दूसरे बच्चे को चिढ़ा रही हो, लेकिन उसकी ये दोनों मुद्राएँ काफी जटिल कार्य कर रही हैं। मुँह, जबड़ा और ठोड़ी (टुड्डी) के आसपास की मांसपेशियाँ काफी जटिल होती हैं। उदाहरण के लिए ऊपर तथा नीचे के होंठों की पेशियाँ दाईं-बाईं दिशा में भी होती हैं और मुँह के पास, जहाँ दोनों होंठ मिलते हैं, वहाँ से तीन मांसपेशियाँ आरंभ होकर तीन विभिन्न दिशाओं को भी जाती हैं। मै यहाँ इनकी बनावट का विस्तृत वर्णन नहीं करना चाहती। मेरा इरादा तो केवल इतना बताना भर है कि इन पेशियों के विषय में अधिक जानने की अपेक्षा हम इन पेशियों को अनुभव करें। जीभ को पूरा-का-पूरा बाहर निकालने से मुँह की मांसपेशियों का, जबड़े की हड्डी और उसके जोड़ों का व्यायाम होता है तथा उनको शक्ति भी मिलती है।

यह आसन बहुत ही सरल है। पहले आसन में आप जीभ को ठोड़ी की दिशा में जितना निकाल सकते हों, बाहर निकालिए (आकृति-18)। जैसे-जैसे अभ्यास होता जाएगा, जीभ अधिक-से-अधिक बाहर निकालने की क्षमता बढ़ेगी। जीभ बाहर निकालने के लिए बहुत जोर मत लगाइए, वरना इससे आपके जबड़े की मांसपेशी में बल पड़ सकता है। इस आसन की अवस्था में 15-20 सेकेंड ही जीभ बाहर रखिए और इस आसन को 4-5 बार कीजिए।

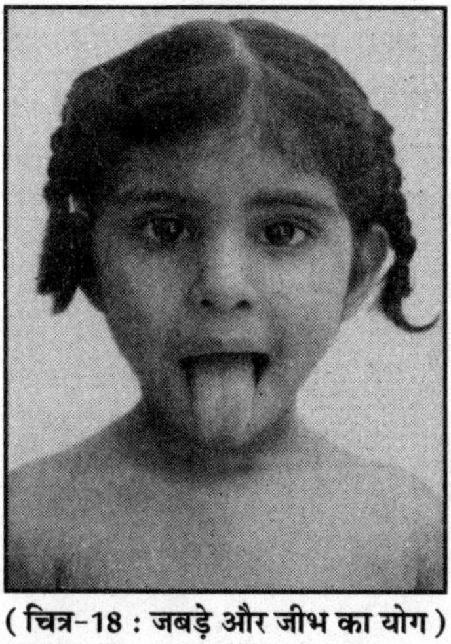

(चित्र-18 : जबड़े और जीभ का योग)

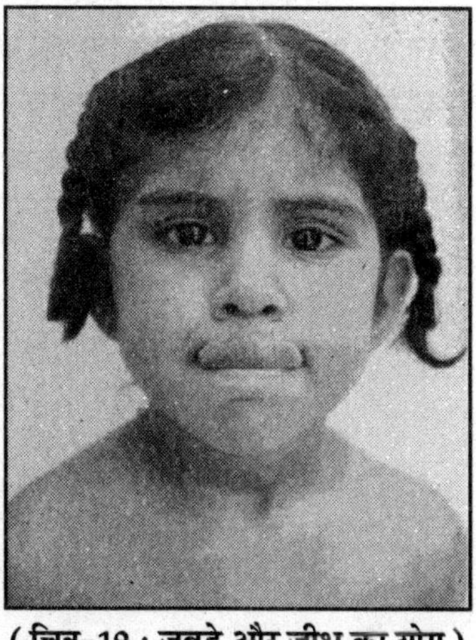

(चित्र-19 : जबड़े और जीभ का योग)

योगासनों में विविध क्रियाओं की विपरीत क्रियाएँ करके एक संतुलन बनाए रखना होता है। अब इस आसन का ही उदाहरण लें। अगले आसन में जीभ को बाहर निकालकर ऊपर नाक की ओर ले जाना है (आकृति-19)। और इस आसन को इससे पूर्ववाले आसन की ही भाँति करना है।

इससे लाभ : इन दोनों आसनों से जीभ और चेहरे की पेशियों को शक्ति मिलती है तथा जबड़े के जोड़ सबल होते हैं।

सुझाव : बच्चों को यह आसन करना अच्छा लगता है। लोगों को चाहिए कि वे बच्चों को ये योगासन कराना आरंभ करें, जो लाभप्रद भी होते हैं और इससे बच्चों का मनोरंजन भी होता है।

(घ) गरदन के आसन

इस श्रृंखला में मैंने दो आसन ही चुने हैं, जिनसे गरदन की हड्डियों और मांसपेशियों का दो विपरीत दिशाओं में संचालन किया जाता है।

पीठ के बल चित लेट जाइए। दोनों पाँवों को सटाकर पास-पास रखिए तथा बाँहों को शरीर से कुछ हटाकर धीरे-धीरे गरदन को ऊपर उठाना आरंभ कीजिए और तब तक उठाइए, जब तक आप अपने पैरों को देखने न लगें (आकृति-20)। इस अवस्था में तब तक रहिए, जब तक आप आराम के साथ रह सकें। अपने हाथों और कुहनियों पर जोर मत डालिए। गरदन को अपनी ही शक्ति के बल पर उठाइए। इस क्रिया में कंधे थोड़े-से ऊपर को उठ जाएँगे। इसके बाद गरदन को धीरे-धीरे नीचे ले आइए। इस क्रिया को थोड़े-थोड़े विराम के बाद कुछ बार दुहराइए। अगर आप अपनी गरदन इतनी ऊँची नहीं उठा सकते

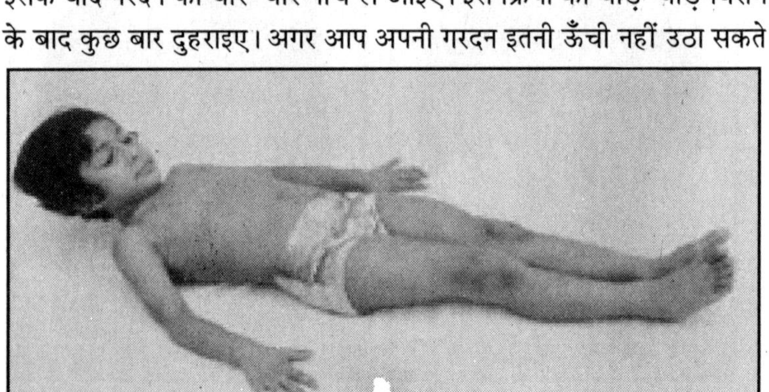

(चित्र-20 : गरदन के लिए आसन)

कि पैर देख लें, तो हिम्मत मत हारिए। यह तो अभ्यास की बात है कि व्यक्ति अपनी गरदन इतनी ऊँची उठा ले कि पाँव देख सके।

गरदन का दूसरा आसन ऊपर बताई दिशा से विपरीत दिशा में ले जाने के लिए अर्थात् गरदन को पीछे मोड़ने के लिए है। इसके लिए सीधे खड़े हो जाइए और दोनों टाँगों के बीच थोड़ी-सी दूरी रखिए। अपने दोनों हाथ ऊपर की ओर इस प्रकार उठाइए कि दोनों हाथ और हथेलियाँ एक-दूसरे के आमने-सामने रहें। दोनों हथेलियों को मिला लीजिए। दोनों जुड़े हाथों को नीचे की ओर लाइए और गरदन को पीछे की ओर ले जाइए। ये दोनों काम साथ-साथ करने हैं और श्वास भी भीतर खींचनी है। अपने जुड़े हाथों को अपने माथे के सामने लाइए (आकृति-21)। श्वास छोड़ते हुए इससे उलटी क्रिया कीजिए अर्थात् अपने जुड़े हाथों को धीरे-धीरे ऊपर ले जाइए और गरदन सीधी कीजिए। इस योगाभ्यास के तीन चरण हैं—

1. जुड़े हुए हाथों को नीचे लाना, गरदन को पीछे झुकाना और श्वास को भीतर लेना; 2. जुड़े हुए हाथों को माथे के सामने और पीछे झुकी गरदन को स्थिर मुद्रा में रखते हुए श्वास रोकना तथा 3. हाथों को ऊपर ले जाना, गरदन को सीधा करना और साथ ही श्वास छोड़ना। श्वास छोड़ने अथवा श्वास खींचने का काम धीरे-धीरे सहज रूप से करना चाहिए। इसके साथ ही हाथों और गरदन का संचालन भी होना चाहिए। यदि श्वास बहुत जल्दी तथा अधिक मात्रा में ले ली जाएगी तो भीतर गई वायु तेजी से निकलेगी और आप यह आसन नहीं कर पाएँगे। श्वास को रोकने का अंतराल प्राणायाम की विविध क्रियाओं से बढ़ेगा, जो हमारी चर्चा का अगला विषय है।

(चित्र-21 : गरदन के लिए आसन)

संभावित कठिनाइयाँ : कुछ लोगों को अपने जुड़े हुए हाथ मस्तक के सामने लाने में कठिनाई होती है। इसका कारण रीढ़ की हड्डी का ऊपरी भाग थोड़ा-सा मुड़ा हुआ होना होता है। ऐसे लोगों की ऊपर उठी हुई बाँहें भी एकदम

सीधी नहीं होती हैं। इस समस्या तथा इसके उपचार की चर्चा इस पुस्तक के अगले भाग (आठवाँ सप्ताह देखिए) में की जाएगी। बच्चे इस आसन को नहीं कर सकते, क्योंकि उनका सिर अनुपातत: बड़ा होता है।

इसके लाभ : इन दोनों आसनों से न केवल गरदन की हड्डी व पेशियों का, बल्कि कंठ भाग, पीठ की ऊपर की पेशियों, कंधों और बाँहों का भी व्यायाम होता है। दूसरा आसन भी गले और श्वास-नलिका के लिए लाभप्रद है। अगर गले में या श्वास-प्रणाली में कोई खराबी हो (संक्रमण हो), तो गरदन पीछे झुकाने की प्रक्रिया में खाँसी आनी शुरू हो सकती है।

सावधानी : जिन लोगों की रीढ़ की हड्डी के ऊपरी भाग में कोई कष्ट हो, उन्हें चाहिए कि वे इन आसनों को न करें। उन्हें सलाह दी जाती है कि वे रीढ़ की हड्डी के विशेष आसनों से पहले इन कष्टों का उपचार कर लें (देखिए पाँचवाँ सप्ताह-ख)।

(ङ) प्राणायाम

पतंजलि द्वारा वर्णित अष्टांगयोग में प्राणायाम चतुर्थ वर्ग में आता है (देखिए तालिका-1)। प्राणायाम का शाब्दिक अर्थ है—प्राणशक्ति का विस्तार। प्राण वह शक्ति है, जो सबमें निहित है, उस वायु में भी, जो हम श्वास के माध्यम से भीतर ले जाते हैं। सरल शब्दों में कहा जाए तो प्राणायाम श्वसन-क्रिया को धीरे-धीरे मंद करना है। इसके लिए श्वास लेने, छोड़ने और भीतर रोकने की क्रिया को दीर्घ किया जाता है। श्वास रोकने (कुंभक-क्रिया) के दो चरण होते हैं। एक क्रिया है—फेफड़ों में वायु भरे हुए श्वास को रोकना और दूसरी है—खाली फेफड़ों के समय श्वास रोकना। प्राणायाम से शरीर में प्राणशक्ति का नियंत्रण, नियमन और संतुलन होता है तथा योग-क्रियाओं के लिए मस्तिष्क की विचारशून्यता की स्थिति लाने में सहायता मिलती है।

पिछले अध्याय में प्राणायाम के कुछ प्रारंभिक अभ्यासों की चर्चा मैं कर ही चुकी हूँ। अब इस योगाभ्यास की तकनीकी बारीकियों की बात की जाएगी। प्राणायाम भौतिक श्वसन-क्रिया के नियमन और नियंत्रण द्वारा किया जाता है।

श्वसन-क्रिया के नियंत्रण के तीन चरण होते हैं : **1. पूरक**—वायु को फेफड़ों में भरने की क्रिया; **2. रेचक**—उस वायु को फेफड़ों से बाहर निकालने की क्रिया और **3. कुंभक**—फेफड़ों के भीतर वायु को रोकना (आंतरिक कुंभक) या वायुरहित फेफड़े होने पर श्वास रोकने (बाह्य कुंभक) की क्रिया।

प्राणायाम का अभ्यास : योग-संबंधी साहित्य में प्राणायाम की विविध विधियों का वर्णन मिलता है। इस पुस्तक में हम कुछ क्रियाओं का ही वर्णन करेंगे।

आराम से बैठ जाइए। ध्यान रखिए कि आपकी कमर और कंधे सीधे रहें तथा आपमें किसी प्रकार का तनाव न हो। अपनी आँखें बंद कर लीजिए और अपना ध्यान श्वसन-क्रिया की ओर लगाइए। धीरे-धीरे वायु को तब तक भीतर खींचिए, जब तक कि आपके फेफड़े भर न जाएँ। इस प्रक्रिया से आपकी छाती फूल जाएगी। जब श्वास खींचना पूरा हो जाए, तो अपने अँगूठे और तर्जनी (उँगली) से अपने दोनों नथुने बंद कर लीजिए, जिससे श्वास (वायु) को फेफड़ों में रोक सकें (आंतरिक कुंभक)। इसके साथ ही अपने कंधों एवं पीठ को तनावरहित बनाइए, क्योंकि श्वास खींचते समय इन पर दबाव पड़ता है। नथुनों पर से अँगूठा तथा उँगली हटा लीजिए और श्वास को धीरे-धीरे आराम से बाहर आने दीजिए। शुरू-शुरू में यह अभ्यास इकहरी श्वासों से कीजिए। श्वास खींचिए, रोकिए और श्वास छोड़िए तथा फिर कुछ देर रुककर सामान्य रूप से श्वास लीजिए। जब आपको श्वास लेने और छोड़ने का सहज अभ्यास हो जाए और अनुभव करें कि आप आंतरिक कुंभक सहज रूप से कर सकते हैं, तो आप श्वास निकालकर खाली फेफड़ों में श्वास रोकें (बाह्य कुंभक करें)। श्वास निकाल देने के बाद आप अपने नथुनों को पहले बताई क्रिया के अनुसार बंद कर लें और श्वास लेने की क्रिया को एक-दो सेकेंड तक बंद रखें, यानी फेफड़ों को खाली रखें। इसके बाद अपनी उँगलियाँ हटाकर धीरे-धीरे श्वास भीतर लेना आरंभ करें (पूरक करें)। रेचक, पूरक और कुंभक को लंबे समय तक करने के लिए अपने साथ जोर-जबर्दस्ती बिल्कुल न करें। इनका समय धीरे-धीरे बढ़ाना चाहिए। आपका ध्यान पूरी तरह प्राणायाम की प्रक्रिया पर रहना चाहिए। शुरू-शुरू में इसका अभ्यास 5-6 मिनट से अधिक नहीं करना चाहिए।

इसके लाभ : प्राणायाम का अभ्यास शरीर और मन के बीच सामंजस्य लाने में लाभ पहुँचाता है। इससे स्नायुतंत्र सशक्त होता है, स्मरणशक्ति बढ़ती है, चित्त को शांति मिलती है और व्यक्ति दीर्घायु को प्राप्त करता है। प्राणायाम अन्य योगाभ्यासों के लिए परम अनिवार्य होता है। प्राणायाम के कुछ अभ्यासों का चिकित्सा के रूप में जिस प्रकार प्रयोग करना संभव है, यह इस पुस्तक में उन अभ्यासों को वर्णन के साथ-साथ बताया गया है।

सावधानी : प्राणायाम का अभ्यास घुटन-भरे कमरों में, जहाँ की वायु दूषित हो, नहीं करना चाहिए। अच्छा तो यह होगा कि प्राणायाम का अभ्यास खुले में किया जाए या कम-से-कम खुली खिड़की के सामने किया जाए।

तीसरा सप्ताह

(क) पिछले प्रशिक्षण पर एक दृष्टि

मुझे विश्वास है कि आपने अब तक योगाभ्यास से संबंधित तीन महत्त्वपूर्ण तथ्यों को जान-समझ लिया होगा— 1. अंग-संचालन बहुत ही धीरे-धीरे एवं सहज रूप से होना चाहिए अर्थात् 'रुको एवं चल दो' जैसी स्थिति नहीं होनी चाहिए और न ही कोई क्रिया झटके से करनी चाहिए। 2. श्वसन-क्रिया शारीरिक अंग-संचालन के साथ-साथ सामंजस्यपूर्ण होनी चाहिए और सर्वथा सहज एवं धीरे-धीरे होनी चाहिए तथा 3. जिस अभ्यास-विशेष को आप कर रहे हों, उसमें लगे अंगों पर आपका ध्यान केंद्रित होना चाहिए। आपको अब तक यह बात भी स्पष्ट हो गई होगी कि योगाभ्यास में शरीर के आंतरिक तथा बाह्य, दोनों प्रकार के अंगों का प्रयोग होता है और संबंधित इंद्रियों एवं मानसिक शक्ति का भी इसमें सहयोग रहता है। अब तक आपने जो थोड़े-से योगाभ्यास सीखे हैं, उनसे आपने समझ लिया होगा कि इनसे शरीर और मन में संतुलन आता है तथा आपके भीतर शक्ति का पुनर्वितरण होता है। यदि आप अनुभव करें कि अंग-संचालन तथा श्वसन-क्रिया से आप राहत नहीं पा रहे और ध्यान केंद्रित नहीं कर पाते हैं तो मैं आपको सुझाव दूँगी कि पिछले दो सप्ताहों का ही कार्यक्रम आगे चलाएँ, लेकिन उन्हें करें नियमित रूप से। सतत अभ्यास से ही मन में सुस्थिरता आती है और शरीर भी लचीला बनता है। आप धीरे-धीरे अनुभव करेंगे कि जैसे-जैसे शरीर का कड़ापन खत्म होता जाता है, वैसे-वैसे ही मन की अकड़न भी ढीली होती जाती है। यह अनुभव करने के बाद एक बार मेरे एक विद्यार्थी ने मुझसे पूछा, "शरीर और मन में से कौन पहले शिथिल होता है?" मैं इस प्रश्न का उत्तर नहीं दे सकी। शरीर और मन दोनों ही साथ-साथ शिथिल होते हैं और इस प्रकार का विश्लेषण करने के लिए उनके क्रियाकलाप को अलग-अलग कर पाना दुष्कर है।

जब कोई नया योगाभ्यास आरंभ करता है, तो पहले वह उसके तकनीकी पहलुओं में उलझता है, लेकिन बाद में जब वह अंग-संचालन और श्वसन-

क्रिया आदि के साथ समरस हो जाता है तो उसे उस अभ्यास-विशेष का शरीर के विभिन्न अंगों पर पड़नेवाले प्रभावों पर अपना ध्यान केंद्रित करना चाहिए। उदाहरण के लिए गला तथा कंठ साफ करने का योगाभ्यास करते समय पेट अस्थायी तौर पर भीतर की ओर जाता है। आप इस प्रक्रिया के प्रति भी सजग रहिए। इसी प्रकार अन्य आसन करते समय भी आपको अनुभव करना चाहिए कि प्रत्येक अभ्यास तथा मुद्रा से कौन-कौन-से अंग प्रभावित हुए। आप यह सोच सकते हैं कि जो मैं पहले कह चुकी हूँ, उसी की पुनरावृत्ति मानकर चल रही हूँ। जागरूक होने की प्रक्रिया बड़ी दुरूह और मंदगतिवाली है। इसके लिए सर्वप्रथम आवश्यकता उसके प्रति सतत सजगता विकसित करनी है। आपके मन को इधर-उधर भटकन से आपकी रक्षा करने में सहायता करने के उद्देश्य से ही मैं बार-बार आपको यह बात कह रही हूँ।

जैसे-जैसे समय बीतता जाएगा, आप अनुभव करेंगे कि हमारे इस कार्यक्रम में आपके शरीर के सभी अंग-प्रत्यंग भाग ले रहे हैं। यदि आप इस कार्यक्रम के किसी खास चरण में कठिनाई अनुभव करें तो इससे आपको हिम्मत हारने की आवश्यकता नहीं है, बल्कि उस योगाभ्यास को सप्ताहों का कार्यक्रम सीखने के बाद अलग से पुनः कीजिए।

(ख) वक्षासन

पेट के बल उलटे लेट जाइए। आपकी बाँहें मुड़ी हुई हों और हथेलियाँ फर्श पर लगी हुई हों। आपके हाथ ठोड़ी के समीप होने चाहिए और ठोड़ी फर्श पर लगी होनी चाहिए। धीरे-धीरे श्वास खींचते हुए अपना सिर ऊपर उठाइए। कुहनियाँ फर्श पर से उठाए बिना ही अपने सिर को जितना पीछे की ओर ले जा सकें, ले जाइए (आकृति-22)। इससे आपकी बाँह के अग्र भाग और कुहनियों पर जोर पड़ेगा। इस अवस्था में थोड़ा रुककर अपनी श्वास को भी रोके रहिए। फिर धीरे-धीरे श्वास छोड़ते हुए सिर को नीचे की ओर लाइए। सिर नीचे आ जाने के बाद कुछ क्षण विश्राम करके इसी योगाभ्यास को पुनः करें। यह क्रिया 8-10 बार करें और अपना ध्यान शरीर की गतिविधि एवं श्वसन-क्रिया के सामंजस्य पर रखें।

इसके लाभ : यह आसन गले और छाती के लिए बहुत फायदेमंद है। इससे स्वर-यंत्र को शक्ति मिलती है। यह उन लोगों के लिए विशेष रूप से

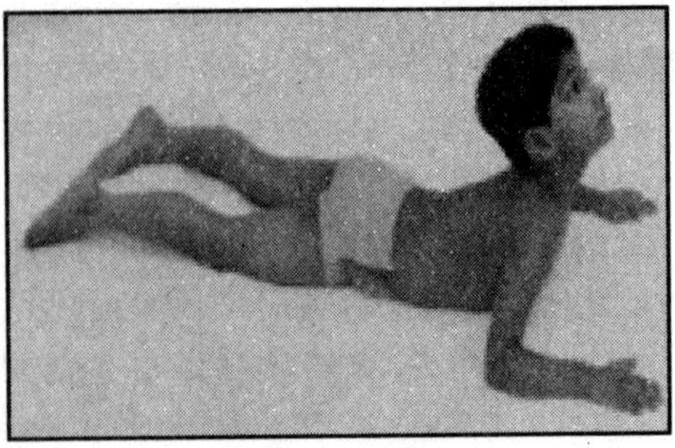

(चित्र-22 : वक्षासन)

उपयोगी है, जिन्हें लगातार कई घंटों तक बोलना पड़ता है। इससे फेफड़ों का भी अंशतः व्यायाम होता है।

सावधानी : यह बहुत महत्त्वपूर्ण है कि यह आसन करने से पूर्व फर्श पर कालीन या सफेद चादर अथवा चटाई बिछा लें, जिससे अंदर श्वास के साथ धूल न जाने पाए।

(ग) गोमुखासन

इस आसन का नाम गोमुसन इसीलिए रखा गया है कि पीठ पर हाथों को जुड़ने पर यह मुद्रा बिल्कुल गाय के मुख जैसी लगती है। इस आसन के लिए बैठने की मुद्रा अलग-अलग पुस्तकों तथा अलग-अलग प्रशिक्षकों द्वारा भिन्न-भिन्न रूप से बताई गई है। कुछ प्रशिक्षक अथवा पुस्तकों के अनुसार यह आसन करने के लिए वज्रासन (आगे आकृति-51) में बैठना चाहिए। मैं नहीं समझती कि इस आसन को करने के लिए वज्रासन की मुद्रा में बैठना आवश्यक है, क्योंकि यह आसन मुख्य रूप से हाथों, बाँहों, कंधों और छाती के लिए है। आप खड़े होकर भी इस आसन को कर सकते हैं (आकृति-23-24)।

आरामदायक मुद्रा में बैठ जाइए और एक हाथ को उठाकर अपने कंधे के पीछे ले जाइए। दूसरे हाथ को कमर की तरफ से मोड़कर पीठ की ओर ले जाइए और दोनों हाथों को परस्पर पकड़ लीजिए (आकृति-23)। इस आसन में बैठेंगे तो श्वसन-क्रिया अपने आप मंद हो जाएगी। आरंभ में इस मुद्रा को थोड़ी ही देर तक बनाए रखिए, क्योंकि इससे कंधे की पेशियों और जोड़ों पर बहुत जोर पड़ता है। बाद में आप धीरे-धीरे इसका समय बढ़ा सकते हैं। इस मुद्रा को 4 से 6 बार तक करना चाहिए और बाँहों को अदलते-बदलते रहना चाहिए।

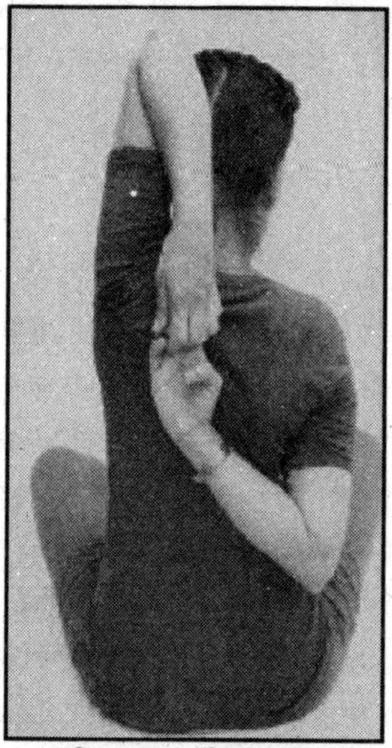

(चित्र-23 : गोमुखासन)

(चित्र-24 : गोमुखासन)

संभावित कठिनाइयाँ : बहुत से लोग अनुभव करते हैं कि वे अपने दोनों हाथ पीठ पर पीछे मिला नहीं पाते, लेकिन इस आसन का नियमित अभ्यास करने और अन्य आसन करने से दोनों हाथ पकड़ना संभव हो सकता है। शरीर की मांसपेशियों तथा जोड़ों में धीरे-धीरे ही लचीलापन आता है। अपनी हथेलियाँ पीठ की ओर रखने की गलती मत कीजिए, जैसा कि अभिनव ने किया है (आकृति-24)। यह आसन करते समय व्यक्ति यह अनुभव कर सकता है कि उसके शरीर के दोनों पार्श्वों के बीच में अंतर है। इस आसन की यह विशिष्टता है कि हममें से सभी (यह मत समझिए कि आप ही इसका अपवाद हैं) एक ओर से तो दोनों हाथों को आसानी से पकड़ पाते हैं, पर दूसरी तरफ से कुछ कठिनाई के साथ।

इसके लाभ : इस आसन से कंधों के जोड़ों, मांसपेशियों तथा बाँहों की मांसपेशियों का व्यायाम होता है। यह छाती की मांसपेशियों के लिए विशेष लाभप्रद है। महिलाओं से यह आसन करने की विशेष रूप से सिफारिश की जाती है, क्योंकि इससे वक्ष की मांसपेशियाँ सशक्त होती हैं और वक्ष का ढीलापन रोका जा सकता है। इस आसन से कंधे सीधे होते हैं, क्योंकि इससे दाएँ तथा बाएँ कंधों एवं बाँहों के बीच ऊर्जा का संतुलन होता है। इसकी आवश्यकता इसलिए होती है, क्योंकि हमारा एक कंधा दूसरे से कुछ नीचा होता है। इसका कारण

यह है कि हममें से आधिकांश लोग दाएँ हाथ में वजनवाली चीजें लेकर चलते हैं और कंधे पर बैग आदि लटकाते हैं। बाएँ हाथ का अधिक प्रयोग करनेवाले 'खब्बुओं' के साथ इससे विपरीत होता है।

(घ) चेहरे की पेशियों के लिए योगाभ्यास

पिछले सप्ताह के कार्यक्रम में हमने ऐसे योगाभ्यास किए हैं (देखिए दूसरा सप्ताह 'ख' एवं 'ग'), जिसमें चेहरे की पेशियाँ सक्रिय रूप से प्रयुक्त हुई थीं। चेहरे की पेशियाँ बहुत जटिल होती हैं और बहुत-सी पेशियाँ भिन्न-भिन्न दिशाओं की ओर जाती हैं। नीचे के योगाभ्यास से इन पेशियों का अतिरिक्त व्यायाम हो जाता है। तनावरहित मुद्रा में बैठ जाइए। मुँह में हवा भर लीजिए और होंठ बंद कर लीजिए। हवा को अपने मुँह के दोनों ओर दबाइए, जिसके दबाव से गाल फूल जाएँ। इस हवा को ऊपर उठाइए, जिससे ऊपर के होंठ का भीतरी भाग फूल जाए। कुछ सेकेंडों के बाद हवा को नीचे की ओर घुमाइए, जिससे नीचे के होंठ का भाग फूल जाए (आकृति-25), फिर हवा धीरे-धीरे निकाल दीजिए। कुछ क्षणों के लिए विश्राम कीजिए और मुँह में पुन: हवा भर लीजिए। अब की बार हवा को ऊपर-नीचे तथा दाए-बाएँ तेजी से घुमाइए। हवा को थोड़ा-सा भीतर की ओर खींचिए और फिर वापस मुँह में ले आइए। इससे कुछ आवाज निकलेगी।

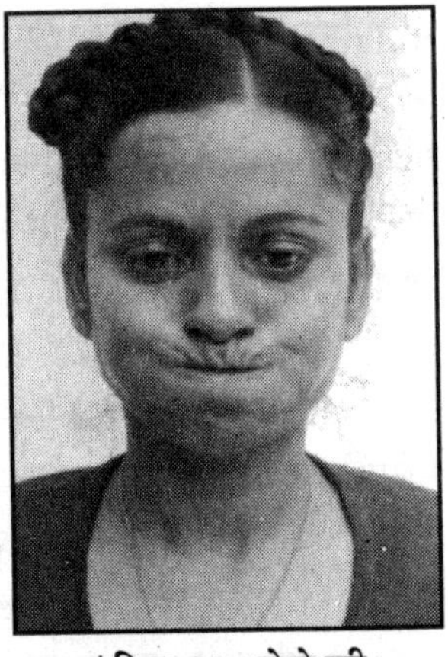

(चित्र-25 : चेहरे की मांसपेशियों के लिए योग)

इसके लाभ : इस यौगिक क्रिया से चेहरे पर रक्त संचार बढ़ जाता है, जिससे चेहरा प्रफुल्लित लगने लगता है। चेहरे की मांसपेशियों में ताकत आ जाती है और झुर्रियों से भी बचाव हो जाता है।

सुझाव : यदि आप को यह अभ्यास मुँह में हवा भरकर करने में कुछ कठिनाई अनुभव कर रहे हैं तो आप इसे मुँह में पानी भरकर भी कर सकते हैं। इस संबंध में यह सुझाव दिया जाता है कि पानी के साथ यह अभ्यास खाना खाने के बाद और कुछ मीठी चीज खाने के

बाद करना चाहिए, जिससे दाँतों और मसूड़ों की भी सुरक्षा हो सके। पानी-हवा मिलकर एक जेट-सा बन जाता है, जिससे दाँतों और मसूड़ों के बीच की जगह साफ हो पाती हैं। इसे करते समय इस जेट को पेशियों के दबाव से मुँह में विभिन्न दिशाओं में घुमाना चाहिए।

(ङ) आँखों के लिए योगाभ्यास

दृष्टि के अंग 'आँख' की रचना बहुत ही जटिल है। आँखों की पलकें और पुतलियाँ हर समय चलायमान रहती हैं। आँखों के योगाभ्यास में आँखों की इस सहज गतिशीलता को नियंत्रित किया जाता है और कुछ दृष्टि-संचालन सचेत होकर किए जाते हैं।

नीचे आँखों के लिए कुछ योगाभ्यासों का विवरण दिया जा रहा है—

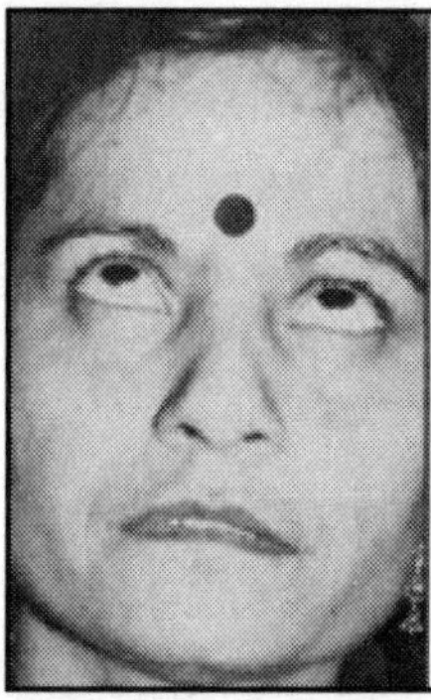

26

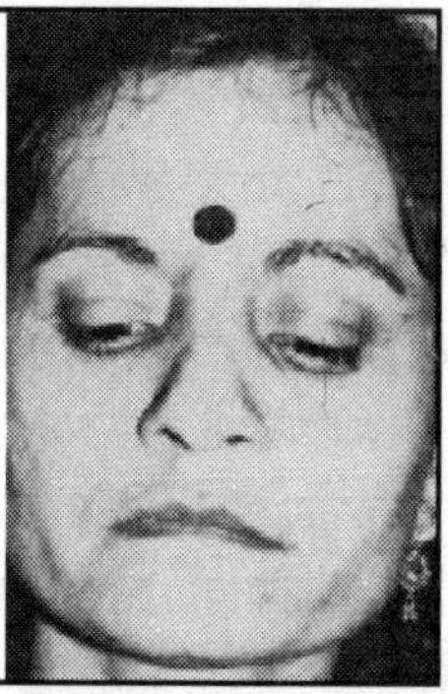

27

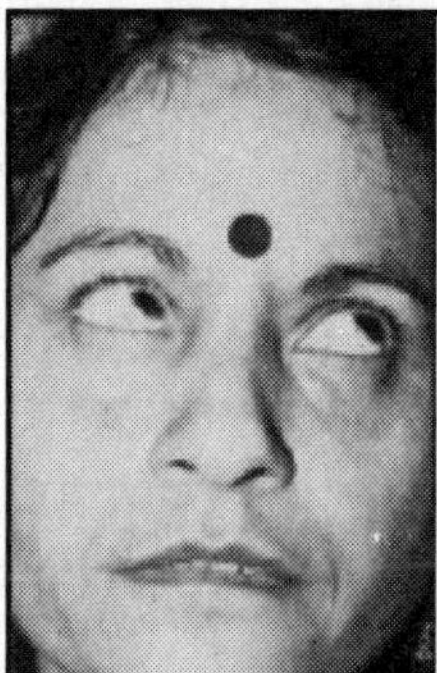

28

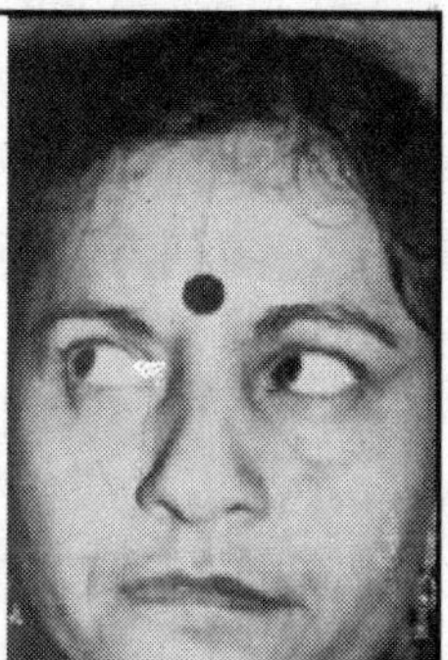

29

(चित्र-27-30 : चक्षु योग)

1. सुविधाजनक मुद्रा में बैठ जाइए। पहले सामने की ओर सीधे देखिए और फिर धीरे-धीरे अपनी पुतलियाँ ऊपर की ओर चलाइए (आकृति-26)। आपका सिर स्थिर होना चाहिए और मस्तक सहज, केवल आँख की पुतलियाँ ही चलनी चाहिए। इस अभ्यास से आप अपनी भौंहों का एक भाग भी देख सकेंगे। पुतलियों को फिर बीचोबीच ले आइए और आँखों को कुछ क्षण विश्राम दीजिए। अब आँखों की पुतलियों को नीचे की ओर घुमाइए, ताकि आप अपने गालों और नाक को देख सकें (आकृति-28)। पुतलियों को दुबारा बीच में ले आइए, फिर उनको एकदम बाईं तथा दाईं ओर घुमाइए (आकृति-29)। इन चारों क्रियाओं को 5 से 10 बार तक कीजिए।

2. इस अभ्यास में ऊपर बताई गई चारों बातें एक साथ जुड़ी हैं। यह क्रिया आँखों की पुतलियाँ चारों ओर घुमाकर की जाती है। आकृति-26 से 29 तक। इस नेत्र-संचालन का एक पूरा चक्र देखा जा सकता है। चारों ओर पुतलियाँ घुमाने की एक क्रिया के बाद कुछ क्षण विश्राम कीजिए और जैसा अनुभव करें या जैसी क्षमता हो, उसके अनुसार आँखों को चक्राकार घुमाने की क्रिया 5 से 10 बार तक करें। यदि आपको थकान लगे तो आँखों की पुतलियों का यह योगाभ्यास मत कीजिए। किसी चलते वाहन में लंबे समय तक बैठने के बाद या सिरदर्द की अवस्था में भी इस व्यायाम को मत कीजिए।

3. यह अभ्यास सूर्य को देखकर आँखों की ऊर्जा बढ़ाने के लिए किया जाता है। सूर्य के प्रकाश को सीधे देखना न केवल हानिकर है, बल्कि यह आँखों के लिए खतरनाक भी है, इसलिए सूर्य दर्शन की यह क्रिया अप्रत्यक्ष तरीकों से की जाती है। दो पत्तियाँ ले लीजिए और उन्हें आँख से सटाकर उनके पार से सूर्य को देखिए। अपने विचारों को सूर्य की शक्ति पर केंद्रित कीजिए और सोचिए कि वह हमारे इस पृथ्वी के लिए जीवनदायी शक्ति है। सूर्य को टकटकी लगाकर नहीं, सिर्फ सामान्य रूप से देखिए। असल में इसे घूरना आँखों के लिए बहुत हानिकर होता है। सूर्य-दर्शन के अभ्यासों में दूसरा अभ्यास आँखें बंद करके सूर्य की ओर मुँह करना चाहिए और अपनी गरदन को दाएँ-बाएँ घुमाना चाहिए, जिससे आँखों के सभी भागों पर सूर्य का प्रकाश पड़ सके। सूर्योदय तथा सूर्यास्त के समय व्यक्ति सूर्य को सीधे भी देख सकता है। पानी में सूर्य के प्रतिबिंब को देखने से भी आँखों की दृष्टि बढ़ती है।

इसके लाभ : इन यौगिक क्रियाओं से आँखों का तनाव दूर हो जाता है, मांसपेशियाँ पुष्ट होती हैं और दृष्टि में सुधार होता है।

चौथा सप्ताह

(क) पिछले प्रशिक्षण पर एक दृष्टि

योगाभ्यास सीखने की प्रक्रिया में हम जैसे-जैसे आगे बढ़ते हैं, ये प्रक्रियाएँ अधिकाधिक व्यापक होती जाती हैं और उनका संबंध समूचे शरीर से होता जाता है। इनके लिए यह भी आवश्यक होता है कि विविध अंग-संचालनों और श्वसन-प्रक्रिया के बीच समन्वय होने पर हमारा अधिक-से-अधिक ध्यान केंद्रित रहे। इस प्रक्रिया में कठिनाई इतनी भी नहीं होती कि शरीर को खास तरीके से मोड़ने-झुकाने में दिक्कत हो, बल्कि पृष्ठभूमि में चल रही मानसिक प्रक्रिया को रोकने तथा संतुलित मुद्रा में आने पर ध्यान केंद्रित करने की भी होती है। पूरा-पूरा ध्यान लगाए बिना कोई भी स्थिर मुद्रा में नहीं रह सकता। व्यक्ति ध्यान का जितना केंद्रीकरण करता है, उतनी ही सुविधा से वह शारीरिक कठिनाइयों पर विजय प्राप्त कर पाता है।

हम इस बात की चर्चा कर चुके हैं कि विचारशून्यता की स्थिति प्राप्त करने का एक साधन प्राणायाम है। इसके अतिरिक्त मैंने कुछ सीधे-सादे योगाभ्यास भी खोज निकाले हैं, जिनसे मन की उत्तेजना को शांत किया जा सकता है और व्यर्थ की मानसिक भटकन को रोका जा सकता है। यदि कोई किसी बात से परेशान है या अति उत्तेजना की हालत में है और अनुभव करता है कि वह अपने विचारों पर नियंत्रण नहीं रख पा रहा है तो ये योगाभ्यास बहुत उपयोगी सिद्ध होंगे। इस दिशा में पहला अभ्यास है, कुछ कदम चलना, लेकिन एक खास तरीके से। पहले बायाँ पैर आगे बढ़ाइए, फिर दायाँ, फिर बायाँ और दायाँ। अब दाएँ पैर से चलना शुरू कीजिए और क्रमश : बायाँ, दायाँ एवं बायाँ पैर बढ़ाइए। दूसरे शब्दों में चार कदम सामान्य रूप से चलिए और इसके बाद अचानक पैर बदल लीजिए। आप अनुभव करेंगे कि जब तक आप इस तरफ पूरा ध्यान नहीं देंगे, तब तक इस अभ्यास को पूरा नहीं कर पाएँगे। दूसरा अभ्यास भारतीय शास्त्रीय नृत्य कथक के पग-संचालन से प्रभावित है। इसमे फर्श पर पाँव की धीमी थाप इस क्रम से देनी होती है—बायाँ, दायाँ, बायाँ, दायाँ और इसके तुरंत बाद दायाँ, बायाँ, दायाँ और फिर बायाँ। इस पग-थाप का क्रम 1, 2, 3, 4, 4, 3, 2, 1, 1, 2, 3, 4 आदि रहता है। आरंभ में आपकी रफ्तार धीमी रहेगी और जैसे ही आप उरामें तेजी लाएँगे, आप पैरों का क्रम बदलने में गलती करेंगे। इसके लिए

बहुत अभ्यास की जरूरत होती है, तभी यह पग-संचालन तेजी से और सही करना संभव होता है। पैरों की थाप धीमी होनी चाहिए, अन्यथा आपके घुटनों में तकलीफ होने की संभावना रहेगी।

इन सीधे-सादे योगाभ्यासों से मन की विचार-शृंखला टूटेगी और आपकी विचार-प्रक्रिया शारीरिक गतिविधि में उलझ जाएगी। ध्यान को केंद्रित किए बिना योगाभ्यासों की उपयोगिता नहीं के बराबर है, वह केवल शारीरिक व्यायाम-भर बनकर रह जाती है, किंतु वर्तमान संदर्भ में हमारा लक्ष्य उससे भी ऊँचा है। हम 'अपने को जानने' यानी 'आत्म-परिचय' की दिशा में चल रहे हैं और छोटे-छोटे चरणों में स्वात्म के प्रति चेतन होना सीख रहे हैं।

(ख) पृष्ठवशासन

ये छह आसन, चिकित्सा की दृष्टि से संभवतः इस पुस्तक में वर्णित समस्त योगाभ्यासों में सबसे महत्त्वपूर्ण हैं। आज के जमाने में कुछ व्यक्ति ही ऐसे होंगे, जिनको पीठ या कमर-संबंधी कोई-न-कोई समस्या न हो। बहुत-से लोगों को गरदन के पास रीढ़ की हड्डी की तरह-तरह की परेशानियाँ होती हैं। कुछ लोगों की रीढ़ की हड्डी वक्ष भाग में कुछ टेढ़ी होती है और मेज-कुरसी पर बैठकर काम करनेवाले लोगों को कमर के नीचे के भाग में दर्द होता रहता है। रीढ़ की हड्डी के ये छह आसन इन कष्टों का इलाज सिद्ध हो सकते हैं, बशर्ते कि इन्हें निश्चित रूप से किया जाए और मेरुदंड (रीढ़ की हड्डी) का खयाल रखने के लिए अन्य सावधानियाँ बरती जाएँ। जिन लोगों को रीढ़ की हड्डी से संबंधित कोई भी कष्ट हो, उन्हें कभी भी नरम बिस्तर पर नहीं सोना चाहिए। उन्हें अपना वजन कम करना और अतिरिक्त चरबी से मुक्ति प्राप्त करनी चाहिए।

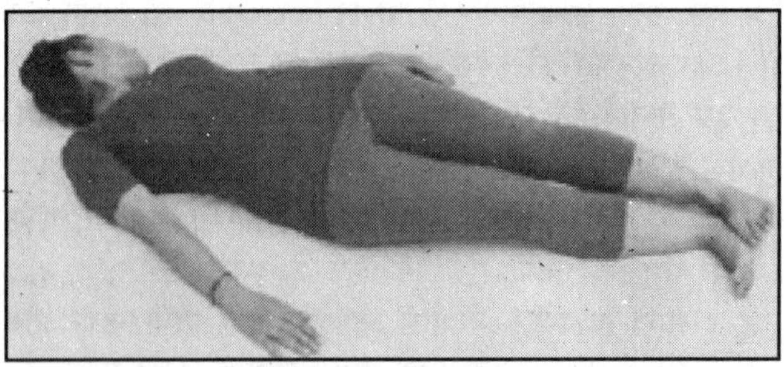

(चित्र-30 : पृष्ठवशासन)

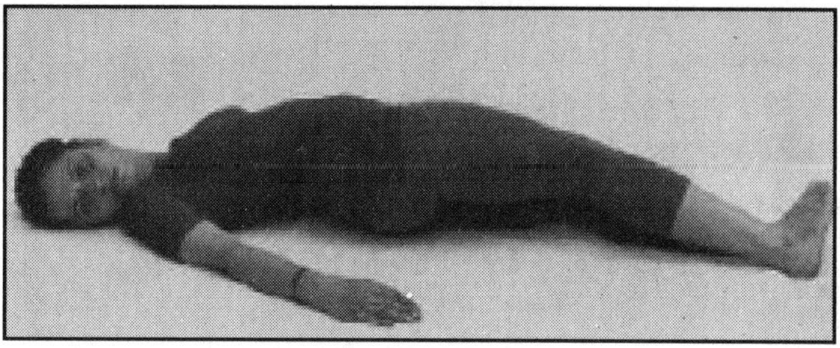

(चित्र-31 : पृष्ठवशासन)

उन्हें सदैव सीधा बैठना चाहिए और अपने कंधे नहीं मोड़ने चाहिए। यदि बहुत देर तक बैठना आवश्यक हो तो बीच में उठकर थोड़ा-सा चल-फिर लेना चाहिए या उठकर एकाध चक्कर मार लेना चाहिए।

सभी छहों आसनों में प्रमुख अंग-संचालन एक जैसा ही है। रीढ़ की हड्डी और कमर की मांसपेशियों के विभिन्न भागों के व्यायाम की दृष्टि से मुद्राओं में थोड़ा-सा अंतर अवश्य है। पहले तीन आसन पीठ के बल चित लेटकर करने होते हैं, जबकि शेष तीन आसन पेट के बल उलटे लेटकर करने होते हैं।

1. पीठ के बल चित लेट जाइए और अपने हाथों को शरीर से लगभग तीस सेंटीमीटर दूर रखिए तथा पैरों को मिलाकर रखिए। कुछ गहरी साँसें लीजिए और शरीर को पूरी तरह ढीला छोड़ दीजिए। इस अवस्था में निश्चल होकर 30 सेकेंड तक लेटे रहिए, फिर दोनों पैरों को एक दिशा में घुमाइए और सिर को उससे विपरीत दिशा में ले जाइए। इसके साथ-साथ धीरे-धीरे श्वास भीतर खींचते जाइए। जब आपके पैर तथा सिर अधिकतम दूरी तक जा चुके हों, तब इस अंग-संचालन के तनाव से शरीर को मुक्त कीजिए और अपने श्वास को

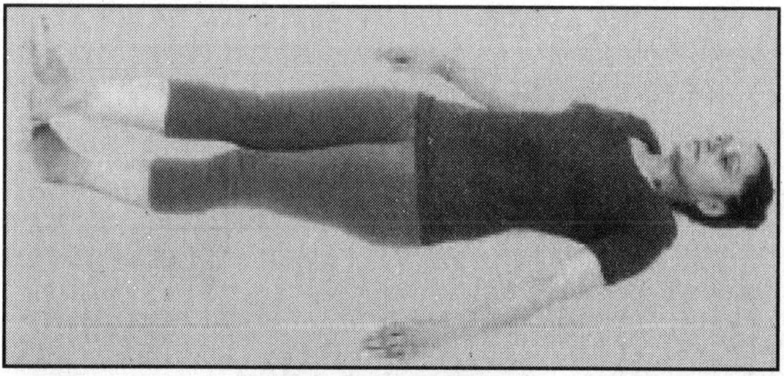

(चित्र-32 : पृष्ठवशासन)

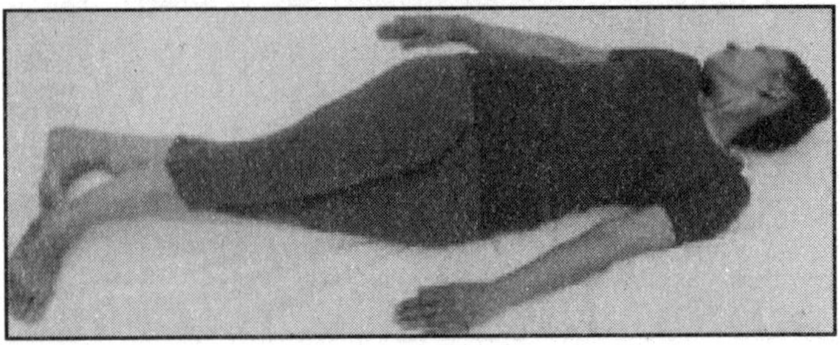

(चित्र-33 : पृष्ठवशासन)

रोके रहिए (आकृति-30)। अब श्वास धीरे-धीरे छोड़ते हुए अंग-संचालन की दिशा बदल दीजिए और वापस सीधी मुद्रा में आ जाइए। कुछ क्षण शरीर को विश्राम देकर पैरों को दूसरी दिशा में और सिर को उसकी विपरीत दिशा में ले जाइए (आकृति-31)। यह पूरा आसन 10 से 15 बार तक कीजिए। इस बात का ध्यान रखिए कि आप अपना सिर अधिक दूर तक न ले जाएँ। सिर सीधा रहना चाहिए और जब मोड़ें तो वह कंधों की दिशा में जाए।

2. दूसरे आसन के लिए पहले आसन की ही भाँति लेट जाइए। अपना एक पैर दूसरे पैर पर रखिए (आकृति-32)। अब धीरे-धीरे अपने पैरों को एक दिशा में घुमाइए और सिर को उससे विपरीत दिशा में। अंग-संचालन की गति के साथ समन्वय करते हुए धीरे-धीरे साँस भीतर की ओर खींचिए। जब सिर और पैरों का घुमाना पूरा हो जाए तो शरीर को ढीला छोड़िए और श्वास को रोकिए (आकृति-33)। अब धीरे-धीरे पुन: शरीर को सीधा करने की क्रिया कीजिए और अंग-संचालन की गति के साथ समन्वय रखते हुए श्वास को छोड़िए। अब शरीर को कुछ क्षणों का विश्राम दीजिए। उसके बाद अंग-संचालन दूसरी दिशा में इसी प्रकार कीजिए (आकृति-34)। जब पैर दोनों ओर घूम चुके हों, तो जो

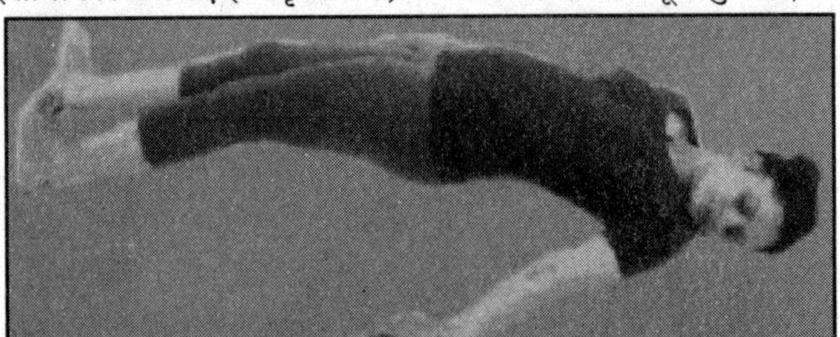

(चित्र-34 : पृष्ठवशासन)

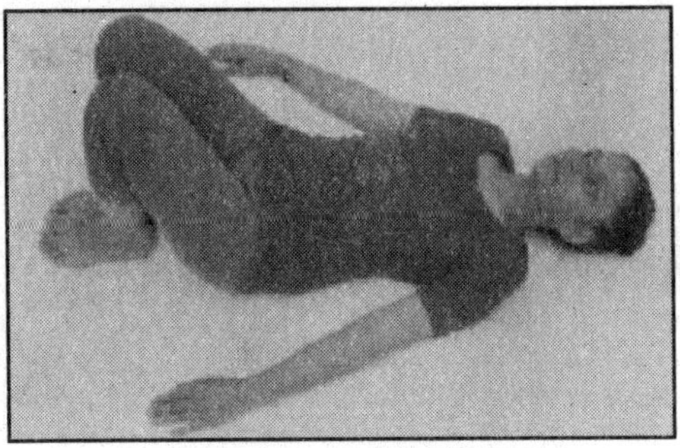

(चित्र-35 : पृष्ठवशासन)

पाँव ऊपर है, उसे नीचे और जो पाँव नीचे है, उसे ऊपर करके आसन कीजिए। इस प्रकार इस आसन को 10 से 15 बार कीजिए।

3. इस श्रृंखला के तीसरे आसन में अंग-संचालन उसी प्रकार किया जाना है, जैसा कि पहले बताए दो आसनों में किया था। अंतर केवल यही होगा कि यह आसन टाँगें मोड़कर करना है (आकृति-35)। मुड़ी हुई टाँगों को एक दिशा में घुमाइए, सिर उसकी विपरीत दिशा में ले जाइए और श्वास धीरे-धीरे सहजता से अंदर खींचिए। मुड़ी हुई टाँगें जब फर्श पर लग जाएँ और सिर दूसरी दिशा में हो तो इस मुद्रा में कुछ देर रुकिए और श्वास को भीतर रोके रहिए (आकृति-36)। टाँगों तथा सिर को पूर्व-अवस्था में लाना शुरू करने के साथ-साथ श्वास को धीरे-धीरे छोड़िए। इसके बाद कुछ क्षण विश्राम करके इसी प्रकार अंग-संचालन विपरीत दिशा में करिए (आकृति-37)। इस आसन को भी 10 से 15 बार तक कीजिए।

4-6. इस श्रृंखला के अगले तीन आसन पहले के तीनों आसनों की ही भाँति करने हैं, लेकिन अंग-संचालन पेट के बल लेटकर करना है। पेट के बल लेटे होने पर

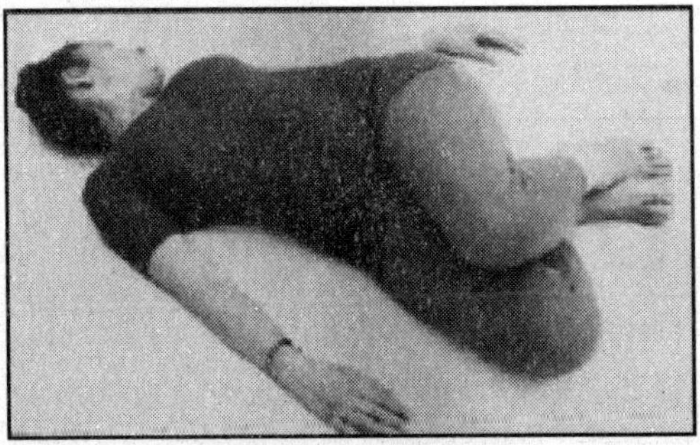

(चित्र-36 : पृष्ठवशासन)

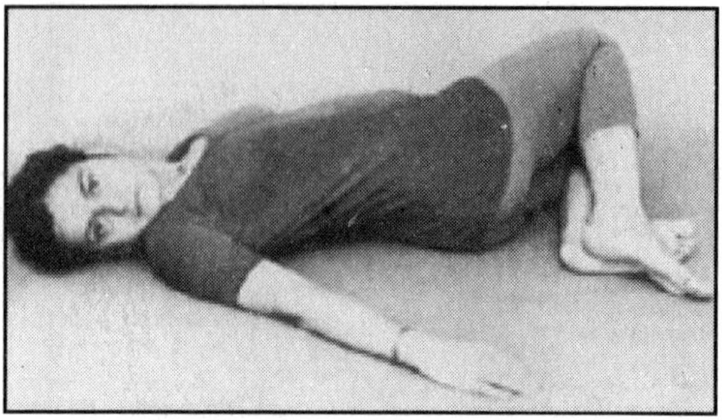

(चित्र-37 : पृष्ठवशासन)

पैरों और सिर को विपरीत दिशाओं में घुमाना संभव नहीं होता, अतः ये आसन करते हुए सिर तथा पैरों को एक ही दिशा में मोड़ना चाहिए।

पेट के बल उलटे लेट जाइए। आपकी ठोड़ी फर्श से लगी हो और दोनों पैर जुड़े हुए हों। अब अपने पैरों तथा सिर को एक ही दिशा में मोड़िए और धीरे-धीरे श्वास खींचिए। आपके दोनों हाथ सीधे होने चाहिए, आपका गाल फर्श पर लगेगा और आपका शरीर-भार एक तरफ बढ़ेगा (आकृति-38)। इस स्थिति में कुछ ठहरिए और श्वास को भी रोके रहिए, फिर धीरे-धीरे श्वास छोड़िए और उसी अवस्था में आ जाइए, जहाँ से आसन शुरू किया था। अब यही अंग-संचालन विपरीत दिशा में कीजिए (आकृति-39)।

अगले आसन में आपको अपना एक पैर दूसरे के ऊपर रखना है, जैसा कि इस श्रृंखला के दूसरे आसन में किया था और ऊपर बताए हुए तरीके से अंग-संचालन कीजिए (आकृति-40)। दोनों दिशाओं में सिर व पैरों को घुमा लेने के बाद पैरों की स्थिति बदलना (नीचे वाला पैर अब दूसरे पैर के ऊपर हो) मत भूलिए। इस श्रृंखला का छठा आसन पैर पीछे मोड़कर पिछले आसनों की भाँति करना है (आकृति-41)। इन आसनों को 10 से 15 बार तक कीजिए।

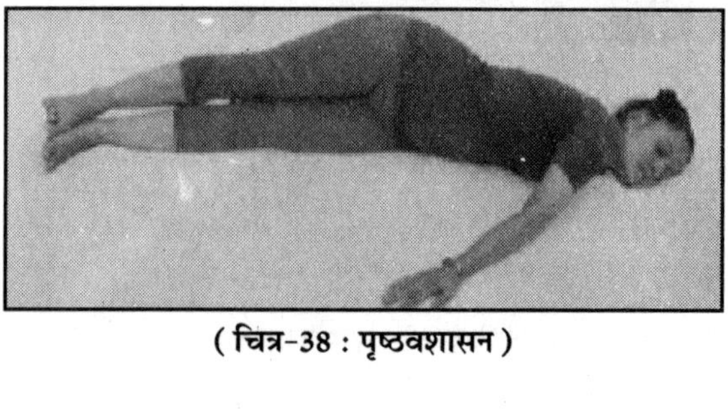

(चित्र-38 : पृष्ठवशासन)

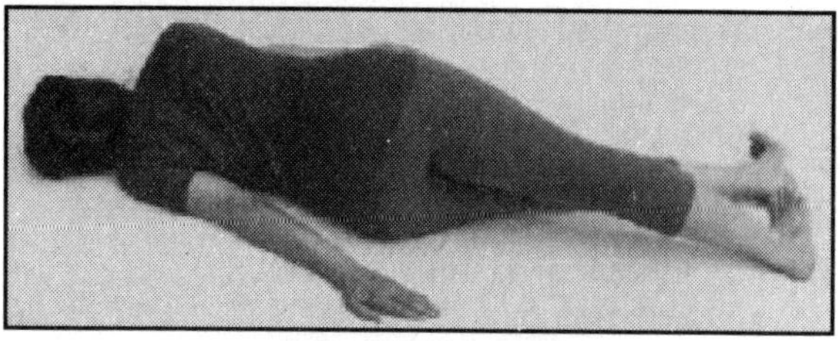

(चित्र-39 : पृष्ठवशासन)

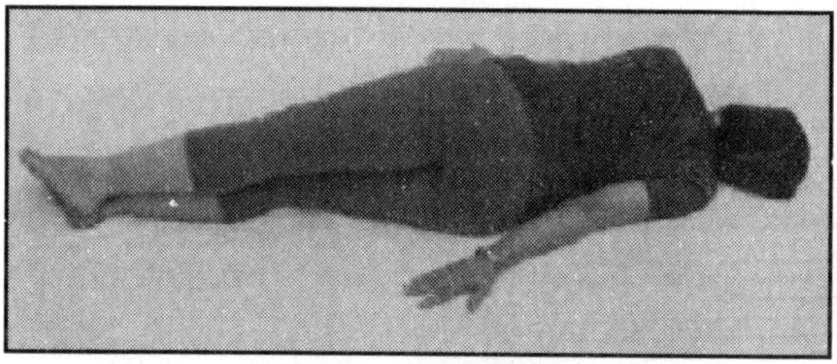

(चित्र-40 : पृष्ठवशासन)

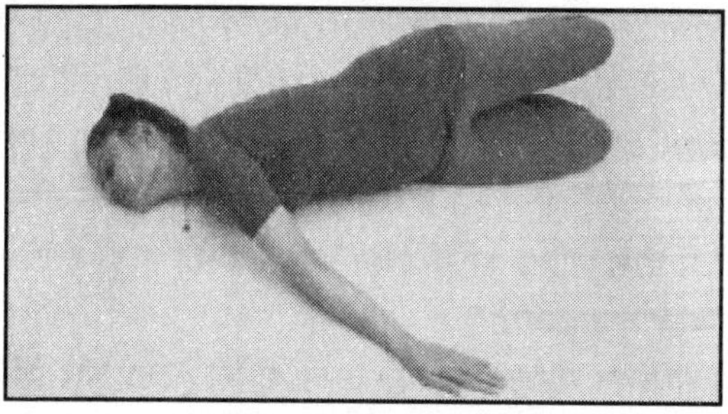

(चित्र-41 : पृष्ठवशासन)

संभावित कठिनाइयाँ : शुरू में दो विपरीत दिशाओं में अंग-संचालन करने और उससे समन्वय करके श्वास खींचने में कठिनाई आएगी। पहले आप केवल सिर और पैरों को विपरीत दिशाओं में ले जाने की ओर ध्यान लगाइए और श्वास-क्रिया के समन्वय का हिसाब मत रखिए। अधिकांश लोगों के साथ दूसरी कठिनाई यह आती है कि वे बहुत तेजी से बहुत अधिक श्वास फेफड़ों में भर लेते हैं। इसका परिणाम यह होता है कि वे इस आसन के दौरान श्वास को रोक नहीं पाते और श्वास तेजी से बाहर आती है। इसके लिए श्वास बहुत धीरे-धीरे लेना चाहिए, ताकि फेफड़ों में आधी ही हवा हो। इससे-श्वास रोकी

भी जा सकेगी और आसन की वापसी की प्रक्रिया में उसे धीरे-धीरे छोड़ा भी जा सकेगा।

इसके लाभ : इन आसनों के प्रारंभिक लाभ तो पहले ही बताए जा चुके हैं। इनके अतिरिक्त इन आसनों से कमर के आस-पास की चरबी भी घटती है और बड़ी आँतों का व्यायाम भी हो जाता है।

(ग) प्राणायाम

प्रथम अध्याय में हम मानव शरीर में विद्यमान सूक्ष्म शरीर की चर्चा कर चुके हैं, जो नाड़ियों के रूप में होता है और जिसकी तुलना ब्रह्मांड से की जाती है। शरीर की तीन प्रधान नाड़ियाँ हैं—इड़ा, पिंगला और सुषुम्ना। इड़ा और पिंगला तो मेरुदंड (रीढ़ की हड्डी) के क्रमशः बाईं तथा दाईं ओर होती हैं तथा सुषुम्ना रीढ़ की हड्डी के मध्य में होती है। सूक्ष्म शरीर की ये तीनों नाड़ियाँ प्रकृति के तीन गुणों की प्रतिनिधि हैं। इड़ा को 'चंद्र नाड़ी' भी कहते हैं, जो शरीर के वाम अंग को प्रभावित करती है और तमस गुणयुक्त होती है। इस नाड़ी की प्रकृति शीतल है। पिंगला अथवा 'सूर्य नाड़ी' रजस गुण प्रधान है और शरीर के दक्षिण भाग को ऊष्मा देती है और उसे नियंत्रित करती है। इन दो नाड़ियों में प्राणवायु का प्रवाह क्रमशः बाएँ और दाहिने नथुने से होता है। सुषुम्ना नाड़ी को शक्ति अथवा 'सरस्वती नाड़ी' भी कहते हैं, जो इड़ा और पिंगला के बीच में विद्यमान है। इसी नाड़ी में प्राण शक्ति का संयोजन होता है। यह नाड़ी न तो गरम है और न ठंडी। यह सत्त्व गुणवाली है।

शरीर में समुचित संतुलन स्थापित करने के लिए इड़ा और पिंगला नाड़ियों के बीच संतुलन होना आवश्यक है। भारतीय चिकित्सा-पद्धति 'आयुर्वेद' के अनुसार हमारे शरीर में किसी रोग का उदय, शरीर के गुणों में असंतुलन आ जाने के कारण होता है। दूसरे शब्दों में कहें तो हम पर रोग का आक्रमण तभी होता है, जब इड़ा और पिंगला नाड़ियों की ऊर्जाओं में असंतुलन आ जाता है। प्राणायाम का लक्ष्य रजस एवं तमस गुणों के बीच समुचित संतुलन लाकर सत्त्व गुण की प्राप्ति करना है और यह तभी संभव है, जब इड़ा और पिंगला के बीच, जो एक-दूसरे से विरोधी प्रकृतिवाली नाड़ियाँ हैं, में एक सुंतलन आ सके।

शरीर में समुचित संतुलन लाने की दिशा में पहले कदम के रूप में नाड़ी-शोधन का अभ्यास करना होता है। इसकी आधारभूत पद्धति वही है, जिसका पहले (दूसरे सप्ताह के 'ङ' में) वर्णन किया जा चुका है। इसमें एकमात्र अंतर

यही है कि नाड़ी-शोधन के लिए प्राणवायु का संचरण एक बार में एक ही नथुने से किया जाता है। इस योगाभ्यास का पहला चरण इड़ा और पिंगला का अलग-अलग शोधन करना है तथा दूसरा चरण इन दोनों नाड़ियों से प्राणवायु को चक्राकार घुमाकर ऊर्जा का संतुलन स्थापित करना है।

इसके लिए आरामदायक मुद्रा में बैठिए। अपने दाहिने नथुने को अपने दाहिने हाथ के अँगूठे से बंद कर लीजिए और धीरे-धीरे सहज रूप से श्वास खींचिए, जब तक कि फेफड़ों में हवा पूरी तरह से न भर जाए। अब उसी हाथ की अनामिका उँगली से बायाँ नथुना भी बंद कर लीजिए और प्राणवायु को अंदर रोकिए। इसके बाद अनामिका उँगली को बाएँ नथुने पर से हटा लीजिए और श्वास को धीरे-धीरे सहज रूप से निकालिए। इस अभ्यास के समय आपका दायाँ नथुना अँगूठे से बंद रहना चाहिए। इस अभ्यास को 8-10 बार कीजिए। इससे आपकी चंद्र नाड़ी अथवा इड़ा का शोधन होता है। अब आप यही प्रक्रिया अपने बाएँ नथुने को बंद करके कीजिए, जिससे सूर्य नाड़ी अथवा पिंगला का शोधन होता है। इस क्रिया में आपका बायाँ नथुना लगातार आपके हाथ के अँगूठे से दबा रहेगा। इस क्रिया को भी पिछले सप्ताह की भाँति 8-10 बार कीजिए।

नाड़ी-शोधन अभ्यास के दूसरे चरण में बाएँ नथुने से श्वास भीतर खींचना है, जबकि आपका दायाँ नथुना दाहिने हाथ के अँगूठे से दबा रहेगा। अब बाएँ नथुने को उसी हाथ की अनामिका उँगली से बंद कर लीजिए। इसके बाद श्वास को दाएँ नथुने से निकालें और बाएँ नथुने को बंद रखें। श्वास निकाल देने के बाद दोनों नथुने बंद करके बाह्य कुंभक करें और फिर, अब की बार श्वास दाएँ नथुने से लेना आरंभ करें। दूसरे शब्दों में आप प्राणवायु को इड़ा से पिंगला नाड़ी में और फिर पिंगला से इड़ा नाड़ी में घुमा रहे हैं। दाहिनी या बाईं ओर के चक्कर में आप उलझन में न पड़ें, इसलिए याद रखें, बाईं ओर से प्राणवायु अंदर कर उसे भीतर रोकना, फिर दाहिने से निकालना, बाहर रोकना। दाहिनी ओर से प्राणवायु अंदर लेना, उसे भीतर रोकना और बाईं ओर से निकालना। यह प्रक्रिया 8-10 बार कीजिए।

इसके लाभ : नाड़ी-शोधन-क्रिया से नाड़ियों को बल मिलता है और शांति लाभ होता है। इससे ध्यान लगाने की क्षमता भी बढ़ती है। जो लोग जल्दी घबरा जाते हैं, अथवा अशांत चित्त रहते हैं, उन्हें विशेष रूप से यह अभ्यास करने की सलाह दी जाती है। इस योगाभ्यास से नाड़ी-तनाव के कारण रहनेवाले सिरदर्द से भी मुक्ति मिलती है और जिन्हें लगातार सिरदर्द रहता है, उन्हें यह

योगाभ्यास अवश्य ही करना चाहिए। कभी-कभी किसी के एक नथुना अवरुद्ध होने के कारण सिर अथवा चेहरे के एक भाग में दर्द होता है। इस योगाभ्यास से इस रोग को पकड़ने और इसका इलाज करने में सहायता मिलती है। नाक में मामूली तकलीफें (सक्रमणजन्य) होने पर, दूसरे अध्याय में बताए बामों अथवा तेलों की भाप लेने से आराम आ जाता है।

(घ) 'ॐ' का महत्त्व तथा उसका उच्चारण

हमने 'ॐ' अक्षर का वर्णन पहले किया है और पतंजलि के योगसूत्रों के अनुसार इस प्रतीक का अर्थ भी बताया है (आकृति-1)। 'ॐ' ब्रह्म अथवा सर्वात्मा का प्रतीक है। यह अक्षर तीन ध्वनियों 'अ', 'उ' और अनुस्वार 'म्' से मिलकर बना है। इसे लघुतम मंत्र माना जाता है। ये तीनों ध्वनियाँ स्वयं में अस्तित्वपूर्ण बहुत्व को मिलाती हैं और व्यक्ति सत्ता को परम सत्ता से जोड़ती हैं।

प्रथम अध्याय में 'सांख्य' का संक्षिप्त उल्लेख करते हुए बताया जा चुका है कि ब्रह्मांड के दो आधारभूत सत्य हैं—'पुरुष' और 'प्रकृति'। ये ही पदार्थ में प्राण-चेतना का स्पंदन करते हैं। 'ॐ', 'पुरुष' का प्रतीक है। दूसरे शब्दों में 'ॐ' ब्रह्मांडीय चेतना का प्रतीक है। यह चेतना हमारे आंतरिक विचार-जगत् की भावनाओं तथा इच्छाओं की वैयक्तिक चेतना से भी परे की बात है। यह वर्णनातीत है और बुद्धिगम्य धारणाओं से परे है, इसलिए इसे इस एकाक्षर मंत्र के रूप में व्यक्त किया जाता है।

अब तक हम श्वसन-क्रिया और शरीर-संचालन के मध्य समन्वय लाने की बात बार-बार कहते आ रहे हैं। 'ॐ' के उच्चारण का उद्देश्य हमारे समस्त व्यक्तित्व और ब्रह्मांड के बीच एकलय स्थापित करना है। 'ॐ' का उच्चारण श्वसन-क्रिया से एकलय होकर किया जाना चाहिए। हर श्वास के साथ 'ॐ' का उच्चारण कर श्वास अंदर खींचते हुए 'ॐ' का उच्चारण प्रारंभ करें। श्वास का आरंभ 'ॐ' से करके 'ओ' ध्वनि को विलंबित करते जाएँ और अनुनासिक 'म्' से श्वास की समाप्ति करें और साँस बाहर छोड़ें। हर बार गहरी श्वास लीजिए और उच्चारण धीरे-धीरे आरंभ कीजिए और स्वर को ऊँचा करते जाइए। इसके बाद ध्वनि को नीचा करते हुए 'म्' का उच्चारण करें। यह क्रिया बिना रुके कई बार कीजिए। 'ॐ' का उच्चारण करते हुए आँखें बंद रखिए और दोनों आँखों के बीच 'भृकुटि' में 'ॐ' अक्षर का ध्यान कीजिए।

इसके लाभ : 'ॐ' का उच्चारण करने से मन की शुद्धि की प्रक्रिया आरंभ

होती है। यह आपमें से हर एक के लिए सर्वथा एकांतिक-व्यक्तिगत अनुभव है, जिसका शब्दों में वर्णन नहीं किया जा सकता।

पाँचवाँ सप्ताह

(क) सामान्य विमर्श

अब तक आपने अनुभव कर लिया होगा कि आप धीरे-धीरे अधिक जटिल आसन तथा अन्य योगाभ्यास करने लगे हैं। मुझे आशा है कि आपका शरीर और मन इस प्रगति के अनुकूल धीरे-धीरे स्वयं को ढालता चल रहा होगा। मैं फिर इस बात को दोहराती हूँ कि योगाभ्यास में सबसे महत्त्वपूर्ण बात यही है कि उसे जीवन-पद्धति बना लिया जाए। यह अवस्था धीरे-धीरे और बहुत अधिक प्रयास करने पर ही आ पाती है। कुछ भी नया सीखने के लिए यह आवश्यक है कि सीखने की हार्दिक इच्छा हो, उसी में ध्यान लगाया जाए और लगातार उसमें जुटे रहा जाए। नई भाषा सीखने और उसमें कुछ गति प्राप्त करने में वर्षों लग जाते हैं। नई मशीन, कंप्यूटर या वर्ड प्रोसेसर का प्रयोग सीखने और उसका विशेषज्ञ बन जाने में खासा समय लगता है और अपना पूरा ध्यान उसी में लगाना पड़ता है। इसी प्रकार यदि आपने योग की पद्धति अपनाने और दर्शन सीखने का निश्चय कर लिया है तो इसके लिए आपको लगातार मानसिक व शारीरिक प्रयास करना भी जरूरी होगा। यह सबकुछ आपको एक बार फिर याद दिलाने के लिए लिखा जा रहा है कि हम प्रतिदिन आधे घंटे तक जिमनास्टिक करने नहीं, विचार की एक विशिष्ट विधा को अपनाने जा रहे हैं। इस प्रकार यह कोई आसान काम नहीं है, इसमें आपको अपना शरीर ही नहीं लगाना होगा, बल्कि समूचा व्यक्तित्व समग्र रूप से खपाना होगा।

अपने जीवन में हमें यह अनुभव होता है कि हम वह कुछ हासिल करने में विफल रहे हैं, जिसे हम किसी-न-किसी तरह से प्राप्त करना चाहते थे। बहुत बार हम कुछ काम सीमित समय में ही पूरा कर लेना चाहते हैं और उसके लिए दिन-रात एक कर देते हैं। चाहे कितनी ही थकान हो और शक्ति भी जवाब दे रही हो, तब भी हम उस काम को पूरा करने के लिए जुटे ही रहते हैं। उसके लिए हम पक्की योजना बनाते हैं और कठोर अनुशासन से काम करते हैं, फिर भी इन सब प्रयासों के बावजूद हम वह परिणाम हासिल नहीं कर पाते, जो हम

चाहते हैं। अचानक कोई बीमारी आ जाती है, कोई दुर्घटना हो जाती है या ऐसी ही कुछ घटनाएँ घटकर सफलता की राह में रोड़ा बन जाती हैं। अपने जीवन की इन घटनाओं की हमें उपेक्षा नहीं करनी चाहिए। इसके विपरीत हमें इस स्थिति से एक सीख लेनी चाहिए। संभवतः यह बाधा इसलिए उपस्थित हुई, क्योंकि हम अपने को बाधा के उस बिंदु के समीप तक ले आए हैं।

योग-दर्शन के अनुसार कुछ भी अकारण घटित नहीं होता और ब्रह्मांड पूर्णतः सुगठित व समग्र है। कुछ भी सदा-सर्वदा नहीं रहता। ह्रास, आयु-वर्द्धक तथा मृत्यु मानव अस्तित्व के अटल सिद्धांत हैं। शाश्वत तो केवल सारभूत आत्मन्, परात्पर ब्रह्म, सर्वात्मा अथवा 'पुरुष' ही है। हम सब जानते हैं कि एक दिन अस्तित्व पूर्णतः समाप्त हो जाता है और ब्रह्मांडीय तत्त्व प्रकृति में पुनः मिल जाते हैं तथा समस्त प्राणियों का मूलतत्त्व 'आत्मा', फिर से परात्पर ब्रह्म 'पुरुष' में समा जाता है। इसके बाद 'पुरुष' और 'प्रकृति' के सम्मिलन से दूसरा ब्रह्मांड-चक्र आरंभ होता है। ब्रह्मांडीय चक्रों के इस आधारभूत दर्शन के कारण ही 'चक्र' का प्रतीकात्मक महत्त्व है और धर्म का प्रतीक भी किरण बिखेरता हुआ एक चक्र ही है।[17] महाकाल के विराट् चक्र से छोटा कालचक्र जीवन-मरण का है, जिसे 'संसार' कहते हैं। सूक्ष्य शरीर में ऊर्जा केंद्रों को भी 'चक्रों' के रूप में जाना जाता है।

यह सब कहने का अर्थ यही है कि यदि हमें बाधा का सामना करना होता है, अथवा गिरने या अन्य प्रकार की दुर्घटनाओं की बाधाएँ आती हैं तो इसका भी कोई-न-कोई कारण होता है। निज स्वरूप को अधिक अच्छे ढंग से पहचानने और इस ब्रह्मांड की प्रकृत अवस्था को जान लेने पर हमें विपरीत घटनाओं का कारण समझ आने और उनको रोक पाने में सहायता मिल सकती है। अघटित घटने का दोष संयोग पर डाल देने का अर्थ यही है कि हम अपने अज्ञान को स्वीकार रहे हैं। अपने को थकान, शक्तिहीनता तथा असहायता के चरम बिंदु तक ले जाते हैं, जिससे हम दुर्घटना सरीखी गलतियों का शिकार हो जाते हैं।

अपने को सदैव उलझन, असहाय और अस्थिरचित्त अवस्था में रहने से रोकिए। जो भी काम करें, उसमें पूरे मन से जुट जाइए और अपने कार्यों पर अपना पूरा ध्यान लगा दीजिए। चेतना की प्रक्रिया यहीं से आरंभ होती है। ध्यान देने से हम जागरूक होते हैं और चेतनता के लिए जागरूकता परम आवश्यक

---

17. भारत के राष्ट्रध्वज में बीच में जो चक्र है, वह धर्म का ही प्रतीक है।

है। किसी सामान्य-सी बात अर्थात् अपने नाखून दाँतों से काटने की बुरी आदत का ही उदाहरण लें। जब आप दाँतों से नाखून काटते हैं तो एक मित्र कह सकता है, 'आप यह फिर कर रहे हैं ? इसे बंद कीजिए।' आप कहेंगे, 'हाँ, मैं जानना हूँ कि मुझे यह नहीं करना चाहिए।' बिल्कुल ठीक। आप यह जानते अवश्य हैं, लेकिन इस गंदी आदत के प्रति आप जागरूक नहीं हैं। अपनी इस गंदी आदत के प्रति जागरूक होने के लिए आपको दिन में चार-पाँच बार विशेष रूप से बैठकर दाँत से नाखून काटने चाहिए। आराम से बैठ जाइए। कुछ गहरी श्वासें लें और अपने नाखून दाँतों से काटना आरंभ करें। इस क्रिया को कुछ बार करें। अगर आप यह अभ्यास नियमित रूप से करेंगे तो कुछ बार ऐसा करने के बाद आपकी उँगलियाँ अपने आप अनजाने ही मुँह की ओर नहीं बढ़ेंगी, ताकि आप नाखून दाँतों से काट सकें। आप जिस गंदी आदत से भी मुक्ति पाना चाहते हैं, उसके लिए इस अभ्यास को आजमाकर देखिए, अवश्य लाभ होगा।

(ख) भुजंगासन

जमीन पर पेट के बल उलटे लेट जाइए, जिससे आपकी ठोड़ी फर्श पर लगे। अपनी बाँहों को मोड़िए और फर्श पर अपने हाथ छाती की सीध में रखिए। अब श्वास भीतर खींचते हुए अपना सिर और छाती ऊपर उठाइए। इससे आपके हाथों पर जोर पड़ेगा और इस प्रक्रिया में आपके बाजू मजबूत होंगे। सिर-छाती उठाते हुए जितना संभव हो, उतना पीछे की ओर झुकिए (आकृति-42)। इस स्थिति में कुछ सेकेंड तक रहिए और धीरे-धीरे सामान्य स्थिति में लौटिए, जहाँ से आपने आरंभ किया था। साथ ही श्वास भी मंद गति से छोड़ते जाइए। इस आसन में पीछे की ओर मुड़ने की प्रक्रिया में बहुत थोड़ा श्वास भीतर खींचा जा पाता है और इस मुद्रा से फेफड़ों के भीतरी भागों तक वायु पहुँचती है। इस आसन में वापसी की मुद्रा के दौरान श्वास अपने आप निकलता है। इस क्रिया को 8 से 10 बार तक कीजिए और हर बार आसन आरंभ करने के पूर्व कुछ क्षणों तक विश्राम कीजिए। इस आसन को उपचार की दृष्टि से प्रयोग करने के लिए धीरे-धीरे इसे करने का समय बढ़ाइए और प्रतिदिन बीस बार यह आसन कीजिए।

संभावित कठिनाइयाँ : चित्र (आकृति-41) में जितना पीछे तक अभिनव मुड़ पाता है, उतना यदि आप नहीं मुड़ पाते तो हिम्मत मत हारिए। आप यह भी अनुभव करेंगे कि शरीर का अगला भाग अपेक्षाकृत कठोर होता है। इसका

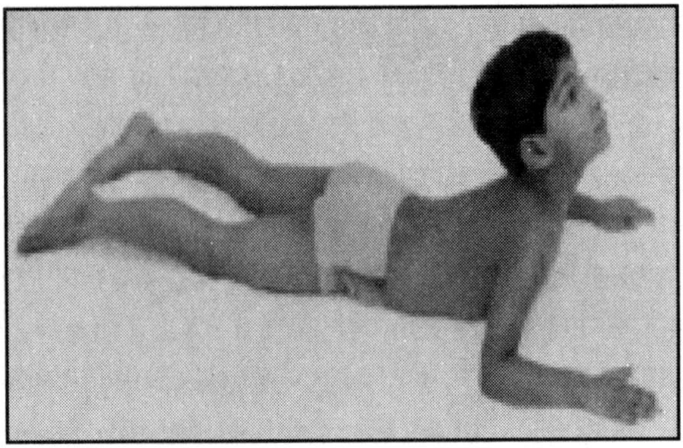

(चित्र-42 : भुजंगासन)

कारण यह है कि हम अपने रोजमर्रा के जीवन में इस प्रकार का असाधारण अंग-संचालन नहीं करते। यह भी उचित नहीं है कि आप अकस्मात् पीछे की तरफ बहुत अधिक झुकें। इससे आपकी छाती या पीठ की पेशियों में खिंचाव आ सकता है तथा बाँहों और कंधों की पेशियों में भी बल पड़ सकता है।

इसके लाभ : इस आसन से रीढ़ की हड्डी सशक्त होती है और पीठ में लचीलापन आता है। यह आसन फेफड़ों की शुद्धि के लिए भी बहुत अच्छा है और जिन लोगों को गला खराब रहने की, दमे की, पुरानी खाँसी अथवा फेफड़ों-संबंधी कोई अन्य बीमारी हो, उन लोगों से यह आसन करने की विशेष रूप से सिफारिश की जाती है। इस आसन से पित्ताशय की क्रियाशीलता बढ़ती है और पाचन-प्रणाली की कोमल पेशियाँ मजबूत बनती हैं। इससे पेट की चरबी घटाने में भी मदद मिलती है और आयु बढ़ने के कारण पेट के नीचे के हिस्से की पेशियों को ढीला होने से रोकने में सहायता मिलती है। इससे बाजुओं को शक्ति मिलती है।

(ग) पाद हस्तासन

यह आसन खड़े होकर किया जाता है, जिसमें सीधे किए हुए हाथों को धीरे-धीरे झुकाते हुए नीचे तक लाते हैं और पैरों से छुआते हैं (आकृति-43, 44, 45)। पहले आराम से खड़े हो जाएँ और पाँवों को एक-दूसरे से थोड़ा दूर रखें। शरीर को तनावरहित बनाएँ और अपने कंधों तथा रीढ़ की हड्डी को सीधा करें। अब अपने शरीर पर और सीधे खड़े होने की अवस्था पर ध्यान केंद्रित

करें। अब अपनी बाँहों को एक-दूसरे के समानांतर ऊपर उठाएँ, जिसमें हथेलियाँ सामने की ओर हों (आकृति-45)। इस स्थिति में एक बार आ जाने पर आगे की तरफ धीरे-धीरे झुकना आरंभ करें और साथ ही श्वास भीतर ले जाना भी। झुकते समय आपका सिर बाँहों के समानांतर रहे। आपको कमर के निचले से झुकना है और इस प्रक्रिया में घुटने नहीं झुकने चाहिए (आकृति-43)। जितना अधिक-से-अधिक झुकना संभव हो, उतना झुकें और अपने हाथों से अपने पैर छुएँ। इस स्थिति में या तो श्वास को रोक लें अथवा धीरे-धीरे श्वास लेते रहें। श्वास उसी अवस्था में लेना चाहिए, जब इस मुद्रा में कुछ सेकेंडों से अधिक रुकना हो। धीरे-धीरे इस स्थिति से ऊपर उठें और क्रमशः खड़ी मुद्रा में आ जाएँ। कुछ क्षणों का विराम कर यह अभ्यास 5 से 7 बार करें।

(चित्र-43 : पादहस्तासन)

संभावित कठिनाइयाँ : यह आसन करने में दो प्रमुख मुश्किलें आती हैं। अधिकांश लोगों के शरीर में इतना लचीलापन नहीं होता कि वे घुटना झुकाए बिना हाथों से पैर छू सकें। ऐसे लोगों को हर बार अधिक-से-अधिक हाथ नीचे ले जाने चाहिए। जब झुकें तो अपनी कमर के नीचे के भाग से आगे झुकने की कोशिश करें और फिर पैर छूने के लिए झुकें। इसमें शीघ्र सफल होने की खातिर अपने शरीर के साथ जोर-जबरदस्ती न करें, वरना आपकी जाँघ की पेशियों तथा पिंडलियों में दर्द होने लगेगा। इस मुद्रा में इन मांसपेशियों पर जबर्दस्त खिंचाव पड़ता है। समझदारी इसी में है कि धीरे-धीरे, किंतु धैर्य के साथ अपना लक्ष्य प्राप्त करने की चेष्टा करें।

(चित्र-44 : पादहस्तासन)

शरीर में काफी लचीलापन होने पर भी बच्चों को यह आसन करने में कठिनाई होती है, क्योंकि उनकी बाँहों की लंबाई अपेक्षाकृत कम होती है (आकृति-44, 45)।

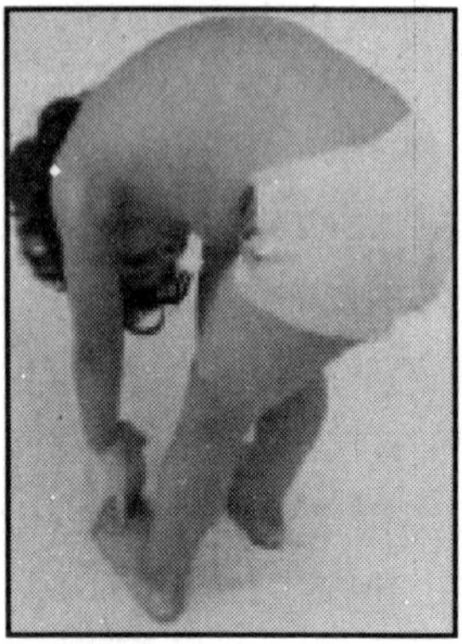

(चित्र-45 : पादहस्तासन)

इसके लाभ : यह आसन मूत्र-प्रणाली, गर्भाशय तथा जननेंद्रिय स्रावों के लिए विशेष रूप से लाभदायक होता है। यह मासिक धर्म का अंतराल नियमित करने और मासिक धर्म के दिनों में होनेवाले दर्द से मुक्ति दिलाने में सहायक होता है। इससे कब्ज की शिकायत भी दूर होती है। यह पीठ और रीढ़ की हड्‌डी को मजबूत और लचीला बनाता है तथा जंघाओं और पिंडलियों की मांसपेशियों को मजबूत करता है।

(घ) अर्द्ध चक्रासन

यह आसन भुजंगासन की विपरीत दिशा में अंग-संचालन करता है। जैसा कि इसके नाम से ध्वनित होता है, इससे आपके शरीर का आधा चक्र बनता है। पहले बताया जा चुका है, उसी तरह सीधे तनावरहित खड़े हो जाइए, अपनी हथेलियों को कूल्हों पर रख लीजिए और पीछे की ओर झुकना आरंभ कीजिए। जितना पीछे झुक सकते हों, उतना झुकिए। कूल्हों पर रखे आपके हाथ आपको पीछे झुकने में सहायता प्रदान करेंगे (आकृति-46)। इस अवस्था में कुछ सेकेंडों तक रुकें और धीरे-धीरे वक्ष उठाकर खड़ी मुद्रा में आ जाइए। इस आसन में श्वसन-क्रिया का नियमन अपने आप होता है। पीछे की ओर झुकने की पहली अर्द्ध अवस्था में थोड़ी मात्रा में श्वास भीतर जाती है, जो आसन के दौरान रोका जाता है। झुकने के बाद उठने की प्रक्रिया में यह हवा अपने आप निकल जाती है। इस आसन को बीच-बीच में थोड़ा-थोड़ा विराम देकर 5-6 बार करना चाहिए। जोर लगाकर पीछे बहुत अधिक नहीं झुकना

(चित्र-46 : अर्द्धचक्रासन)

चाहिए। यह सदा याद रखें कि योग मुद्राओं में धैर्यपूर्वक निरंतर अभ्यास करने और उसी पर ध्यान केंद्रित करने से ही सफलता मिलती है, शरीर के साथ जोर-जबर्दस्ती करके नहीं।

संभावित कठिनाइयाँ : पीछे झुकते समय कुछ लोग अपना संतुलन खो बैठते हैं। संतुलन बनाए रखने के लिए अपने पैरों को फर्श पर मजबूती से जमाए रखिए और शुरू में बहुत अधिक मत झुकिए। कुछ लोगों को इस मुद्रा में अथवा पीछे झुकने की अवस्था में चक्कर भी आ जाता है। यदि ऐसी स्थिति हो, तो पीछे झुके रहने की अवस्था में रुकिए मत तथा शीघ्र वापस सीधी अवस्था में आ जाइए।

सावधानी : जिन लोगों की रीढ़ की हड्डी अथवा कमर के डिस्क की समस्या हो, उन्हें यह आसन नहीं करना चाहिए। उन्हें अपने उपचार के लिए कमर के छह आसनों पर ही केंद्रित रहना चाहिए।

(ङ) प्राणायाम का अगला चरण

अब प्राणायाम का जो तरीका आप सीखने जा रहे हैं, उसे 'कपाल भाति' कहते हैं, जिसका अर्थ है 'कपाल को शुद्ध करना'। आरामदायक मुद्रा में बैठ जाइए और **तब तक दोनों नथुनों से श्वास खींचिए कि आपके फेफड़े हवा से भर जाएँ।** इस प्रक्रिया में जो प्राणवायु आप भीतर की ओर खींच रहे हैं, उस पर ध्यान केंद्रित कीजिए। श्वास खींचने की क्रिया पूर्ण हो जाने पर अपने कंधों और कमर को शिथिल कर लीजिए। अब फेफड़ों में भरी वायु को पूर्ण शक्ति के साथ बाहर निकालना आरंभ कीजिए। फेफड़ों के भीतरी भागों से भी वायु को बलात् बाहर निकालकर अपने फेफड़ों को एकदम खाली कर लीजिए। इस क्रिया से आपका पेट भीतर की ओर चला जाएगा। आपके गले के नीचे के भाग पर जोर पड़ेगा और इससे पेट में विद्यमान हवा भी बाहर आ जाएगी। अब इस अभ्यास को एक बार मुँह में साँस लेकर और दूसरी बार नथुनों से साँस लेकर दोहराइए। उदाहरण के लिए एक बार नथुनों से श्वास खींचिए और मुँह से निकालिए। इसके बाद मुँह से श्वास खींचिए और उसे नथुनों से निकालिए।

इसके लाभ : यह योगाभ्यास करने से आपका सिर ठंडक अनुभव करेगा। कपाल भाति प्राणायाम मस्तिष्क को विचारशून्य बनाने और उसकी ध्यान लगाने की शक्ति बढ़ाने के लिए बहुत उपयोगी है। यह फेफड़ों का भी शोधन करता है और पेट, कंठनली व श्वासनली का व्यायाम इससे हो जाता है।

छठा सप्ताह

(क) धनुरासन

इस आसन में शरीर को धनुष की आकृति का बनाना होता है (आकृति-47)। पेट के बल उलटे लेट जाइए। शरीर को पूरी तरह ढीला छोड़ दीजिए और अपने शरीर के आकार के विषय में सोचिए। अपनी टाँगों को मोड़िए ताकि घुटने या तो पुट्ठों को छुएँ या उनके करीब पहुँच जाएँ। अब अपनी बाँहें उठाकर पीछे की ओर इस तरह ले जाइए कि आप अपने टखनों को पकड़ लें। टखनों को कसकर पकड़िए और अपने हाथों एवं बाजुओं का जोर लगाकर अपने शरीर को फर्श से ऊपर उठाइए (आकृति-47)। यह करने से आपकी जाँघें और वक्ष उठेगा एवं केवल पेट ही फर्श पर लगा रहेगा (आकृति-47)। इस आसन से श्वसन-क्रिया अपने आप नियंत्रित होती है। इस आसन को करते समय फेफड़ों में बहुत ही थोड़ी हवा भीतर रहती है। जब आप सामान्य स्थिति में आते हैं तो यह हवा अपने आप बाहर निकल जाती है। इस आसन की अवस्था में कुछ सेकेंड तक रुकिए। हर बार लगभग 30 सेकेंड के अंतर से इस आसन को 5 से 7 बार करना चाहिए। इस आसन से शरीर को जो श्रम करना पड़ता है, उससे विश्रांति पाने के लिए अंत में शवासन करने का सुझाव दिया जाता है।

संभावित कठिनाइयाँ : इस आसन को करने के लिए समूचे शरीर में लचीलेपन की आवश्यकता होती है। अब तक जो योगाभ्यास बताए गए हैं, यदि वे आप नियमित रूप से करते रहे हैं तो आपको यह आसन करने में कोई कठिनाई नहीं होगी। जब बाँहें पीछे की तरफ फैली हों तो कुछ लोगों को हाथों

(चित्र-47 : धनुरासन)

से जोर लगाने में कठिनाई होती है। कुछ लोगों को अपने टखने हाथों से पकड़ने में कठिनाई होती है। इसके लिए अपने टखने जितना आगे तक लाना संभव हो, लाना चाहिए, ताकि आपके टखनों और हाथों के बीच अंतर कम हो जाए। यह आसन करना बच्चों के लिए कठिन होता है, क्योंकि उनकी बाँहें अनुपातत: छोटी होती हैं।

इसके लाभ : यह आसन करने में समूचे शरीर को जुटना पड़ता है और इस प्रकार सभी आंतरिक अंगों, मांसपेशियों और जोड़ों का व्यायाम हो जाता है। यह आसन शरीर में ऊर्जा का तथा तीनों गुणों (सत्त्व, रजस, तमस) का संतुलन करता है। इस प्रकार इससे शरीर में एक संतुलन आता है।

सावधानी : जिन लोगों को रीढ़ की हड्डी का अथवा डिस्क का कष्ट हो, उन्हें यह आसन नहीं करना चाहिए।

(ख) खगासन

खगासन एक तरह से धनुरासन का ही विस्तार है। जब आप धनुरासन कर रहे हों, तो उस अवस्था में फर्श पर शरीर का जो भाग है, उसके सहारे ही शरीर को हिलाना चाहिए (आकृति-47)। आपको अपने शरीर को आगे और पीछे की ओर हिलना चाहिए। अपनी क्षमता के अनुसार शरीर को 4 से 6 बार तक हिलाना-डुलाना चाहिए। बीच-बीच में कुछ विराम देकर इस आसन को कुछ बार करना चाहिए।

इसके लाभ : यह आसन शरीर में हमारी ऊर्जा का और अधिक प्रसारण करता है तथा संतुलन लाता है। इसके अन्य लाभ धनुरासन के ही समान हैं।

(ग) जानूसंधि आसन

हमारे घुटने बहुत नाजुक होते हैं और जल्दी ही उनमें कष्ट हो सकता है। यदि कोई भी व्यायाम न किया जाए तो वे और भी नाजुक हो जाते हैं और इसका परिणाम यह होता है कि बहुत-से लोगों को घुटने के जोड़ों में कष्ट होता है। घुटनों को बल प्रदान करनेवाले कुछ आसन नीचे दिए गए हैं—

1. सीधे खड़े हो जाइए और अपने शरीर को ढीला छोड़ दीजिए। यह ध्यान रहे कि आपके कंधे तनावरहित हों और कमर सीधी हो। अब अपनी एक टाँग मोड़िए, घुटना नीचे की तरफ रहे, ताकि आप अपने दोनों हाथों से पाँव को पकड़ सकें। उसे ऊपर की तरफ इस तरह खींचें कि पाँव का तलवा ऊपर की ओर रहे (आकृति-48)। झुकी हुई टाँग का

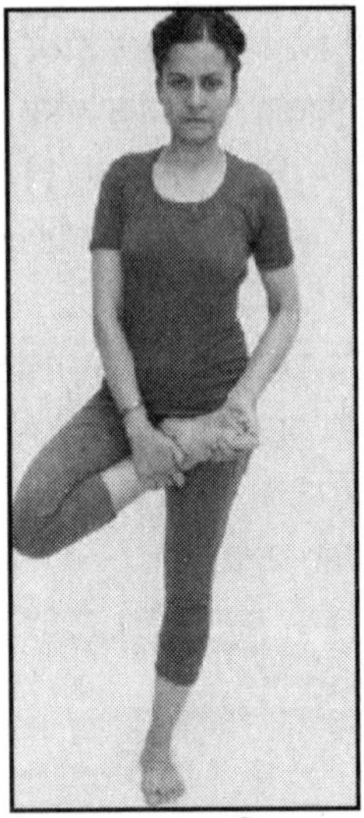

(चित्र-48 : जानुसंधि आसन)

(चित्र-49 : जानुसंधि आसन)

घुटना बहुत आगे की तरफ निकला हुआ नहीं होना चाहिए। कोशिश करके इस अवस्था में शरीर को सीधा रखिए। शरू में इस मुद्रा में सिर्फ चंद सेकेंडों तक ही रहें। धीरे-धीरे अपने घुटने को इस स्थिति के अनुरूप बनाइए और इस मुद्रा में रहने का समय बढ़ाते जाइए। यह अभ्यास दोनों टाँगों से बारी-बारी से 4 से 6 बार कीजिए। जब इस मुद्रा में हों तो अपने मन को घुटनों पर केंद्रित रखें। जब आप यह आसन कर रहे होते हैं तो श्वसन-क्रिया अपने आप मंद हो जाती है। इस मुद्रा को करने के लिए बाँहों और हाथों का जोर लगता है।

2. ऊपर बताए हुए तरीके से खड़े हो जाइए। अपनी एक टाँग मोड़िए। अपने दोनों हाथों को पीछे की ओर ले जाइए और मुड़ी हुई टाँग का टखना पकड़ लीजिए। उसे थोड़ा-सा ऊपर की ओर खींचिए, जिससे आपकी दोनों जंघाएँ समानांतर हो जाएँ (आकृति-49)। बारी-बारी से दाहिनी और बाईं टाँग से इस आसन को 4 से 6 बार कीजिए। शुरू में इस मुद्रा में चंद सेकेंडों तक ही रहिए। बाद में धीरे-धीरे इसका समय बढ़ाइए।

3. इस शृंखला के तीसरे आसन में एक पैर को उठाकर पाँव का तलवा दूसरी टाँग के घुटने पर लगाना होता है (आकृति-50)। उठाई

(चित्र-50 : जानुसंधि आसन)

हुई टाँग आगे की ओर न निकले। यह प्रयास कीजिए कि उसे पीछे खींचें और उसे शेष शरीर के साथ ले आएँ। यह आसन 4 से 6 बार करना चाहिए और हर बार टाँग बदल लेनी चाहिए अर्थात् एक बार दाईं टाँग से तो दूसरी बार बाईं टाँग प्रयोग कीजिए। बाद में इस आसन का समय धीरे-धीरे बढ़ाते आइए।

इसके लाभ : इन आसनों से घुटनों की शक्ति बढ़ती है और वे अधिक जटिल आसन करने के लिए तैयार हो पाते हैं। ये आसन बर्फ पर फिसलने (स्की), पर्वतारोहण तथा अन्य भारी शारीरिक (व्यायाम) की तैयारी के लिए भी अच्छे रहते हैं।

सावधानी : इन मुद्राओं की शीघ्र सफलता के लिए अपने साथ जोर-जबर्दस्ती न करें, वरना इस प्रक्रिया में आप घुटने को चोट लगा लेंगे। बहुत सावधानी रखिए और घुटने पर से टाँग को मोड़ने की क्रिया धीरे-धीरे आगे बढ़ाइए।

(घ) वज्रासन

छोटी-सी गायत्री बड़े ही आराम से वज्रासन में बैठी है (आकृति-52)। पश्चिमी देशों के वयस्क लोगों के लिए यह सबसे कठिन आसनों में से एक है, जबकि इन्हीं देशों के बच्चे आसानी से इस आसन में बैठ जाते हैं। जैसे-जैसे व्यक्ति की आयु बढ़ती है, उसके घुटनों और टाँगों का लचीलापन समाप्त होता जाता है, क्योंकि पश्चिम में जमीन पर पालथी मारकर बैठने की परंपरा नहीं है, लेकिन घुटनों के आसन नियमित रूप से करने से इस दिशा में सहायता मिलती है। जो लोग इस आसन को तथा इससे संबंधित आसनों को नहीं कर सकते, उनके लिए एक वैकल्पिक आसन (सातवें सप्ताह के 'ग' में) दिया गया है।

पहले टाँगें मोड़कर एड़ियों के ऊपर बैठना आरंभ कीजिए। इसके बाद

अपनी टाँगें (घुटनों से नीचे) दाएँ-बाएँ ले जाइए। आपके नीचे के पुट्ठे फर्श पर लगे होने चाहिए। अपने हाथों को घुटनों पर रखिए (आकृति-51)। शुरू-शुरू में इस आसन में थोड़ी देर के लिए बैठिए, ताकि आपके टखने, घुटने और अन्य वस्ति प्रदेशीय (कूल्हे की हड्डी के आगे के) जोड़ों पर जोर न पड़े। इस आसन में बैठने में प्रवीण हो जाने पर आप इसे प्राणायाम करने, 'ॐ' के उच्चार तथा अन्य ध्यानाभ्यासों में भी प्रयोग कर सकते हैं। इस आसन को आप बैठने की सामान्य मुद्रा के रूप में भी प्रयोग कर सकते हैं, जिससे शरीर मजबूत और स्थिर बनता है, इसलिए इस आसन का नाम वज्रासन है।

संभावित कठिनाइयाँ : इस आसन में बैठने में इसलिए मुश्किल पड़ती है, क्योंकि घुटनों, टखनों और वस्ति प्रदेशीय जोड़ों में लचीलापन नहीं होता। वस्ति प्रदेशीय जोड़ों के कड़ेपन के कारण कुछ लोग पुट्ठों के बल जमीन पर भी नहीं बैठ सकते। हर बार कुछ सेकेंडों के लिए रुकिए और जोड़ों को धीरे-धीरे लचीला बनाइए। इस आसन की स्थिर मुद्रा प्राप्त करने में छह महीन से लेकर एक साल तक नियमित अभ्यास करना पड़ सकता है। पुरुषों की अपेक्षा स्त्रियाँ इस आसन में आसानी से बैठ सकती हैं।

इसके लाभ : जैसा कि ऊपर कहा जा चुका है, इस आसन में बैठने से शरीर मजबूत और स्थिर बनता है। इससे रीढ़ की हड्डी एवं कंधे सीधे होते हैं। इससे शरीर में रक्त-संचार समरस होता है और इस प्रकार शिरा के रक्त को धमनी के रक्त में बदलने का रोग होने से बचाव होता है। जिन लोगों को बवासीर का रोग हो, उनके लिए यह आसन विशेष रूप से लाभदायक है। यही एकमात्र ऐसा आसन है, जिसे आप खाना खाकर भी कर सकते हैं। इससे भोजन आसानी से पचता है। यह आसन टाँगों की मांसपेशियों को भी मजबूत बनाता है।

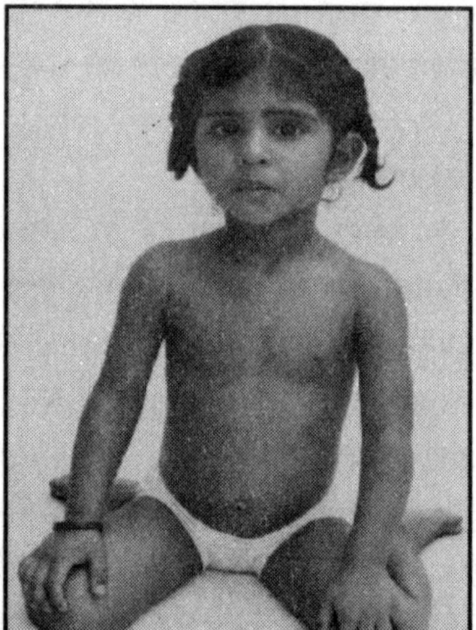

(चित्र-51 वज्रासन)

सावधानी : इसे करने के लिए जोर-जबर्दस्ती न करें, वरना आपके टखने, घुटने या वस्ति प्रदेशीय जोड़ों

को हानि हो सकती है। इस आसन में अपनी क्षमता से अधिक समय तक मत बैठिए और धीरे-धीरे ही इसका समय बढ़ाइए।

(ङ) प्राणायाम

प्राणायाम के इस सप्ताह के कार्यक्रम में नाड़ी-शोधन का अभ्यास किया जाएगा, जैसा कि पहले (चौथे सप्ताह 'ग' में) बताया गया था, किंतु इस सप्ताह प्राण को ऊर्ध्व दिशा में ले जाना है। यह अभ्यास भी पहले की भाँति बाएँ नथुने से आरंभ कीजिए, लेकिन प्राण को सिर की बाईं ओर ही प्रेषित कीजिए। प्राणशक्ति के मार्ग-निर्देशन के लिए पूरी तरह ध्यान केंद्रित कीजिए। आंतरिक कुंभक के बाद अपने दाएँ नथुने से धीरे-धीरे रेचक कीजिए और अपने दाहिने हाथ की अनामिका उँगली से बायाँ नथुना बंद रखिए। शेष अभ्यास पहले की ही भाँति कीजिए, लेकिन इस बार प्राण को सिर की ओर निर्देशित कीजिए और उसे वहाँ संचरित होने दीजिए।

इसके लाभ : यह योगाभ्यास मस्तिष्क के शोधन के लिए होता है और स्नायु-तंत्र को सबल बनाता है। इससे व्यक्ति को शांतचित्त रहने में सहायता मिलती है और ध्यान करने की शक्ति बढ़ती है।

सत्र की समाप्ति 'ॐ' की ध्वनि के उच्चारण से कीजिए। इस बार 'ॐ' अक्षर की आकृति पर गहराई से भली प्रकार ध्यान दीजिए। जैसे ही आप 'ॐ' की ध्वनि आरंभ करें, अपने विचारों को 'ॐ' के आकार के ऊपरी भाग पर केंद्रित करें और फिर 'ॐ' की संपूर्ण आकृति को दृष्टि-पथ में लाएँ। इसके साथ-साथ 'ॐ' का उच्चारण करते जाएँ। जब आप अनुनासिक 'म्' तक आएँ, तो 'ॐ' के अर्द्धचंद्र और उसके बीच स्थित बिंदु पर ध्यान लगाएँ। इस अभ्यास से आपका ध्यान केंद्रित होना बढ़ेगा और ध्वनि को 'ॐ' के आकार के साथ मन को जोड़ने में सहायता मिलेगी।

सातवाँ सप्ताह

(क) शशांकासन

इस आसन को वज्रासन (छठा सप्ताह 'घ', आकृति-51) में बैठकर आरंभ करना होता है। वज्रासन में आराम से बैठने के उपरांत अपने दोनों हाथ पीछे की

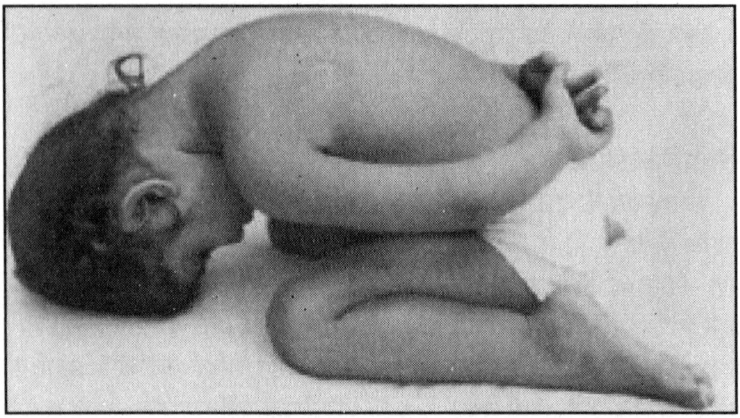

(चित्र-52 : शशांकासन)

ओर ले जाइए और एक-दूसरे को पकड़ लीजिए। अब धीरे-धीरे आगे झुकना शुरू कीजिए और तब तक झुकते जाइए, जब तक आपका सिर फर्श पर न लग जाए। अपने कूल्हों को फर्श से अधिक-से-अधिक सटाकर रखने की कोशिश कीजिए। जब आप झुकेंगे तो फेफड़ों में भरी अधिकांश वायु दबकर बाहर निकल आएगी और जब आप इस मुद्रा में होंगे तो श्वसन-क्रिया बहुत ही धीमी गति से होगी। शुरू में इस आसन को कुछ देर तक करें और थोड़ा रुककर दोबारा करें। धीरे-धीरे इसका समय बढ़ाइए और बढ़ाते-बढ़ाते इस मुद्रा में एक मिनट या इससे भी अधिक समय तक रहने का अभ्यास कर लीजिए।

इसके लाभ : यह मधुमेह (डायबिटीज) रोग के निरोध के लिए बहुत उपयोगी आसन है। यह पेट के सभी अंगों का व्यायाम भी कराता है। इससे रक्त संचार चेहरे, मस्तक और सिर के शीर्ष भाग की ओर होता है तथा इससे चेहरे पर चमक आती है। स्नायु-प्रणाली के कारण हुए सिरदर्द को दूर करने में भी यह आसन सहायक होता है।

(ख) सुप्त वज्रासन

यह आसन भी वज्रासन में बैठकर करना होता है और इसमें वज्रासन में बैठे हुए ही अपनी पीठ के बल लेटना होता है (आकृति-53)। यह आसन करने के लिए व्यक्ति का वस्ति प्रदेशीय जोड़ बहुत लचीला होना चाहिए। वज्रासन में बैठ जाइए और कुहनियों का सहारा लेकर धीरे-धीरे पीछे झुकते

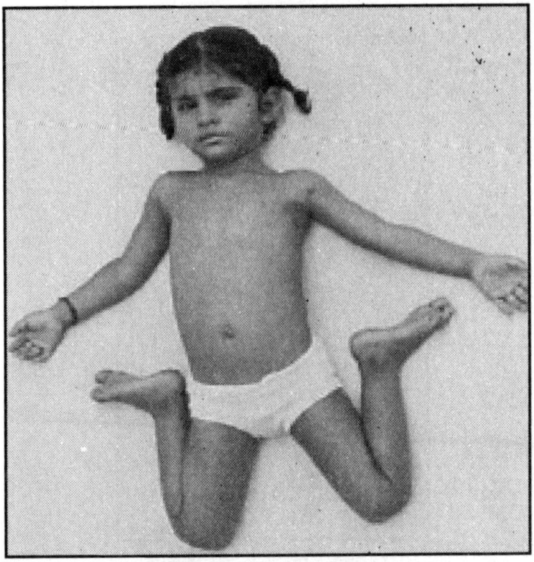

(चित्र-53 : सुप्तवज्रासन)

जाइए तथा पीठ के बल चित लेट जाइए एवं अपनी बाँहें दोनों ओर फैला दीजिए (आकृति-53)। आप अनुभव करेंगे कि इस आसन में आपकी जाँघ की आगे की पेशियों पर बहुत जोर पड़ रहा है और वस्ति प्रदेश के जोड़ पर दबाव पड़ रहा है। इस मुद्रा में एक बार आ जाने पर आप पूर्णतः तनावरहित हो जाइए। इस आसन में जितनी देर आराम से रह सकें, रहिए और हर बार रुकने का समय कुछ सेकेंड बढ़ाते जाइए। जब मुद्रा स्थिर हो जाए, तो आप इस आसन को ज्यादा देर तक कर सकते हैं।

इसके लाभ : यह आसन टखना, घुटनों तथा वस्ति प्रदेश के जोड़ों को लचीला बनाता है, स्नायुओं तथा टाँगों, खासकर जंघाओं के आगे की पेशियों को सशक्त बनाता है। इससे पुट्ठों की मांसपेशियों का व्यायाम भी होता है और इस क्षेत्र में रक्त संचार बढ़ाता है। जिन लोगों को साइटिका का दर्द होता है, उनको यह आसन तथा टाँग उठाने के आसन (प्रथम सप्ताह 'घ') करने की सलाह दी जाती है।

(ग) वज्रासन, शशांकासन और सुप्तवज्रासन के विकल्प

वज्रासन के स्थान पर दूसरी मुद्रा टाँगें मोड़कर तथा एड़ियों के बल सीधे बैठकर की जाती है, जिसमें घुटने थोड़ी दूर रहें और हाथ जाँघों पर हों (आकृति-54)।

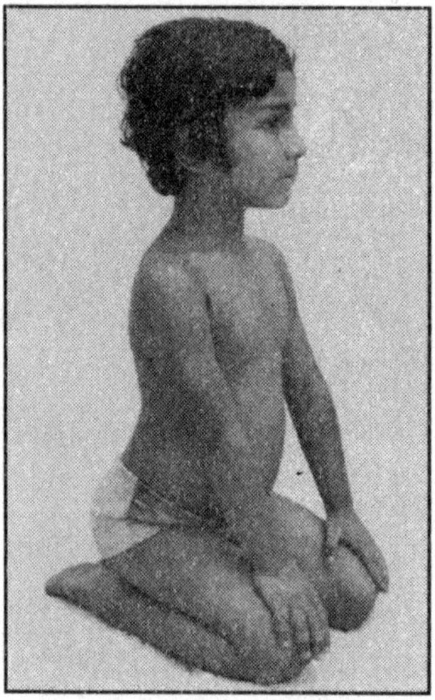

(चित्र-54 : वज्रासन का विकल्प)

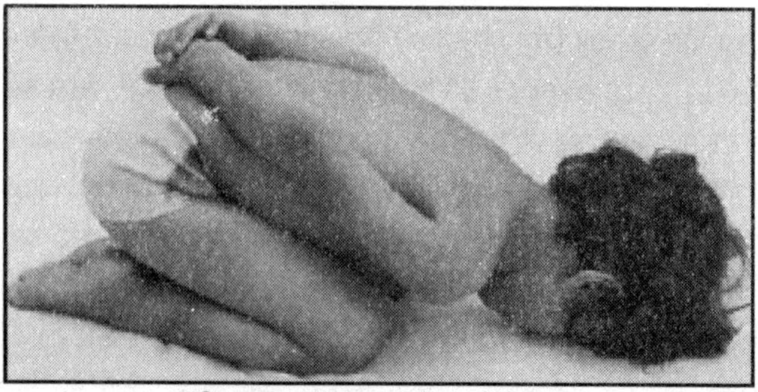

(चित्र-55 : शशांकासन का विकल्प)

पहले वर्णित वज्रासन में (घुटनों से नीचे) आपकी टाँगें जाँघों के नीचे होती हैं और आपके कूल्हे फर्श पर रहते हैं। इससे अपने आप सीधे बैठना संभव हो जाता है। इस आसन में आपको ध्यान रखना होगा कि आपकी कमर और कंधे सीधे रहें। अब इस वैकल्पिक मुद्रा में बैठकर पहले बताए हुए तरीके से शशांक और सुप्तवज्रासन कीजिए (आकृति-55, 56) आप अनुभव करेंगे कि आपके पैर आपके पुट्ठों के नीचे हैं, इसलिए आपकी कमर इस सुप्त वज्रासन में फर्श पर नहीं लगेगी (आकृति-56)। इस मुद्रा को बनाने का एक और तरीका है और वह है—फर्श पर कमर टिकाने (आकृति-56) की बजाय अपने सिर से फर्श

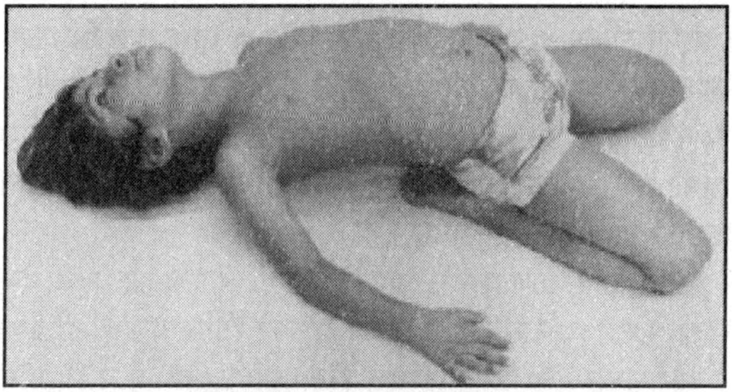

(चित्र-56 : शशांकासन का विकल्प)

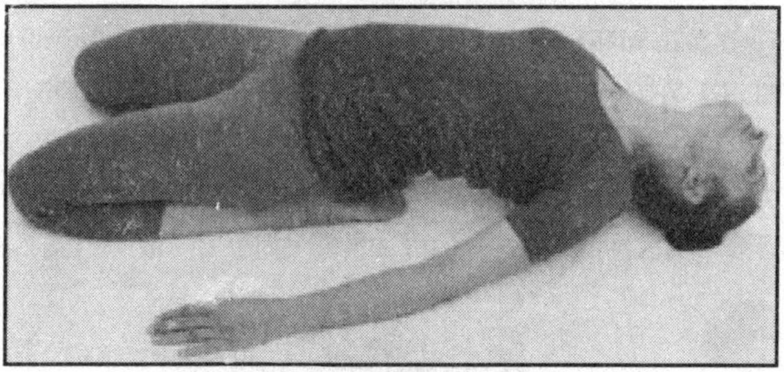

(चित्र-57 : शशांकासन का विकल्प)

छूना (आकृति-57)। मैंने व्यक्तिगत रूप से अनुभव किया है कि बाद में वर्णित मुद्रा सिर और स्नायुओं को राहत देने तथा ताजगी लानेवाली है।

(घ) प्राणायाम और 'ॐ' का उच्चार

इस सप्ताह के प्राणायाम-संबंधी कार्यक्रम में अब तक जो अभ्यास सीखे हैं, उनको ही पुनः करना और पूरक, रेचक तथा कुंभक करने का समय बढ़ाना है। इनका समय बढ़ाने का रहस्य दो बातों पर निर्भर करता है—पहला, जब आप प्राणवायु को भीतर खींच रहे हों, उस समय उस पर आपका पूरा ध्यान होना चाहिए और दूसरा, आपका शरीर पूर्णतः तनावरहित हो, आपकी विचार-प्रक्रिया एवं प्राणवायु एक-दूसरे के साथ एकलय हों, आपकी आँखें बंद हों तथा आपके कान प्राणवायु के प्रवाह से उत्पन्न ध्वनि को ही सुन रहे हों। आपकी इंद्रियाँ, आपका शरीर ब्रह्मांड-विराट् ब्रह्मांड से उस क्षण केवल प्राणवायु के माध्यम से जुड़ा रहना चाहिए और बाहर की किसी भी चीज से संबंधित न हो। शरीर के

किसी अंग में तनिक भी तनाव होने अथवा ध्यान के सामान्य से विचलन के लिए भी ऊर्जा की आवश्यकता होती है और यह ऊर्जा प्राणवायु ही प्रदान करती है। इसलिए कुंभक का समय बढ़ाने के लिए यह बहुत महत्त्वपूर्ण है कि शरीर की अन्य सभी आवश्यकताएँ स्थगित कर दी जाएँ। आपके शरीर का प्रत्येक अंग प्राणवायु को ग्रहण करने में समलय हो।

'कपाल भाति' प्राणायाम में आपको फेफड़ों से हवा को धक्का देकर बाहर निकालना होता है। इस प्रक्रिया में केवल आपकी श्वास-प्रणाली ही प्रयुक्त होनी चाहिए और शेष समूचा शरीर निश्चल होना चाहिए। अपनी बाँहों, टाँगों, कंधों तथा शरीर के सभी अंगों पर ध्यान देकर यह सुनिश्चित कीजिए कि वे पूरी तरह तनावरहित तथा आराम की अवस्था में हों। सोते हुए बच्चे की कल्पना कीजिए, जिसका पूरा शरीर लुढ़का हुआ और तनावरहित होता है। इसका अनुकरण कीजिए, सोकर नहीं, बल्कि सचेत प्रयास के द्वारा। जब आप प्राणायाम के दौरान पूरी तरह तनावरहित (शिथिल बदन) होते हैं; तो आप अनुभव करेंगे कि पूरक, रेचक और कुंभक का समय बढ़ाने की आपकी क्षमता भी धीरे-धीरे बढ़ जाती है।

आठवाँ सप्ताह

(क) पश्चिमोत्तान आसन

यह आसन उन लोगों के लिए महत्त्वपूर्ण है, जिनका वक्ष प्रदेश तनिक मुड़ा हुआ है और कंधे आगे झुके होने के कारण शरीर में टेढ़ापन आ गया है। शरीर की इस खराबी के बहुत से कारण हो सकते हैं। कुछ लोगों के कंधे आगे की ओर इसलिए झुके हुए होते हैं, क्योंकि वे अपने बचपन से ही कंधे झुकाए रखते हैं और किसी ने कभी भी उनको कंधे ठीक करने की हिदायत नहीं दी। कुछ औरतों ने मुझे बताया कि वे वयस्क बनने की प्रक्रिया आरंभ होने पर कंधे झुकाने लगीं, क्योंकि वक्ष के उभार से उन्हें शर्म लगती थी। मेज पर बैठकर काम करनेवालों में भी यह टेढ़ापन आ जाता है। वे कुछ गलत मुद्रा में बैठकर काम करते हैं और सालों साल ऐसे ही काम करने से उनके कंधों का टेढ़ापन बढ़ता जाता है। यह अंग-दोष जवानी के दिनों में कुछ कष्ट नहीं देता, लेकिन बाद के वर्षों में (40 साल की आयु के बाद) इससे कंधों, बाजुओं और वक्ष के पीछे के भाग में दर्द होने लग जाता है, इसलिए इस अंग-दोष को दूर करने के लिए समय रहते ही कोशिश करनी चाहिए।

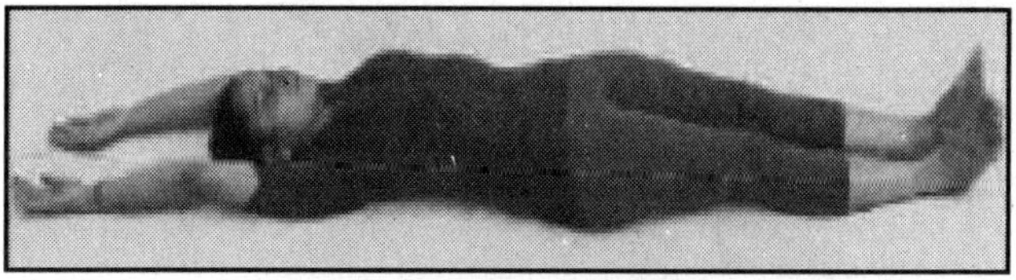

(चित्र-58 : पश्चिमोत्तानासन)

यह आसन तीन चरणों में किया जाता है (आकृति-58)। जिनके कंधे आगे की तरफ झुके हुए हैं, उन्हें इस आसन के लिए आवश्यक रूप से बाँहें सीधी रखना संभव न होगा। उनकी बाँहें टेढ़ी रहेंगी और फर्श पर से कुछ उठी हुई रहेंगी। ऐसे लोगों को रीढ़ की हड्डी के 6 आसनों के साथ-साथ इस आसन के प्रथम चरण तक ही सीमित रहना चाहिए। उन्हें पहले अपनी बाँहें सीधी करने की मुद्रा में आने की कोशिश करनी चाहिए। अगर आपने आयु के तीस साल झुके हुए कंधे रखकर बिताए हैं तो इसका उपचार चंद सप्ताहों में हो जाने की उम्मीद न करें। अगर आपमें धैर्य है, लगन है और अपने को ठीक करने की दृढ इच्छाशक्ति है तो आप निश्चय ही सफल होंगे। इसके लिए सबसे महत्त्व की बात यह है कि आप इस अंग-दोष के प्रति जागरूक हों कि इसे ठीक करना है और हर समय ध्यान रखें कि कंधों को सीधा करके रखना है। इसके लिए तख्त या ऐसे ही कठोर बिस्तर पर सोना भी समान रूप से आवश्यक है।

इस आसन का अगला चरण है, टाँगों को घुटने तक मोड़े बिना धीरे-धीरे अपनी कमर को उठाना और सिर को बाँहों के समानांतर रखना (आकृति-59)। धीरे-धीरे अपने आप को आगे की ओर झुकाएँ और सहज ढंग से इतना झुकते जाइए कि आपके हाथ आपके पाँवों को छू लें। अपने हाथों से अपने पैर पकड़ लीजिए और इस आसन में जितनी देर आराम से रह सकें, रहिए (आकृति-60)। आप अनुभव करेंगे कि आपकी पीठ और जाँघों के नीचे की मांसपेशियाँ तथा पिंडलियाँ खिंच गई हैं। आपके पेट और वक्ष प्रदेश की पेशियाँ सिकुड़ गई हैं और इन क्षेत्रों के भीतरी अंग भी सिकुड़े हैं। यह आसन करते समय अपना ध्यान अपने शरीर के उस आकार की ओर लगाइए, जो इस मुद्रा में बना है और यह मुद्रा बनाने में जो प्रयास किया है, उसके तनाव से रहित हो जाइए। इस मुद्रा से वापस आने के लिए पहले अपने हाथों से पकड़े पाँव छोड़ दीजिए और धीरे-धीरे अपनी कमर सीधी कर लीजिए। इस आसन में श्वसन-क्रिया अपने आप नियंत्रित होती है। जब सीधे लेटे होते हैं तो खींचे गए श्वासे, जो

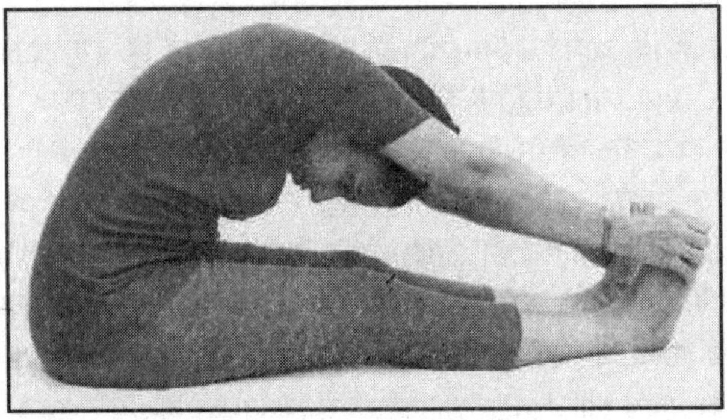

(चित्र-59 और 60 : पश्चिमोत्तानासन)

झुकते समय कुछ निकल जाएगी और पैर छूते समय शेष वायु भी निकल जाती है। यदि आप इस आसन में कुछ क्षणों तक रुकें, तो धीरे-धीरे श्वास लेते रहें। यह आसन 5 से 10 बार तक कीजिए और आसन का समय धीरे-धीरे बढ़ाइए।

संभावित कठिनाइयाँ : इस आसन की एक प्रमुख कठिनाई तो इसके पहले चरण के समय बता ही दी गई है। पश्चिम के अधिकांश लोगों को जो दूसरी प्रमुख मुश्किल आती है, वह यह है कि वे कुहनियों का सहारा लिये बिना उठ

नहीं पाते। जब वे पहली अवस्था में अपने को ऊपर उठाते हैं तो उठ नहीं पाते, बल्कि उनकी टाँगें उठ जाती हैं। इसका कारण यह है कि वे उठने की चेष्टा करते समय कमर के निचले भाग की अपेक्षा ऊपरी भाग का प्रयोग करते हैं। यह भी संभव है कि व्यायाम की कमी के कारण उनकी कमर के नीचे के भाग की पेशियाँ कमजोर हों। अगर आपको यह कठिनाई हो तो कोई दूसरा व्यक्ति आपकी टाँगों को पकड़कर उस समय नीचे जमाए रखे, जब आप सीधे लेटे होने की अवस्था से अपने को ऊपर उठाने की चेष्टा कर रहे हों। इस प्रकार आप यह जान सकते हैं कि कुहनियों की सहायता लिये बिना उठते समय आपको अपनी पीठ का कौन-सा भाग प्रयोग करना है। इस प्रक्रिया में आपकी कमर के निचले भाग की पेशियाँ धीरे-धीरे मजबूत होंगी।

इसके लाभ : यह आसन समूचे शरीर के लिए लाभप्रद है और इससे चेहरे पर तेज आता है। यह रीढ़ की हड्डी को मजबूत करता है और पीठ को लचीला तथा नमनीय बनाता है। यह आसन गुर्दों, जिगर, प्लीहा तथा आँतों के ठीक तरह से काम करने की दृष्टि से बहुत अच्छा है। जिन लोगों को बवासीर हो, उनको यह आसन करने की सलाह दी जाती है।

(ख) हास्य योगाभ्यास

इस योगाभ्यास का नाम भले ही हँसी-मजाकवाला लगे, लेकिन इसके पीछे भी मूल सिद्धांत वही है, जो अन्य योगाभ्यासों में होता है अर्थात् अपनी क्रियाओं, अंग-संचालन तथा अन्य गतिविधियों पर नियंत्रण करने की क्षमता पैदा करना। यहाँ दो अलग-अलग क्रियाओं से यह सिखाया जाता है कि हँसने की प्रक्रिया के विषय में किस प्रकार चेतना जाग्रत् करनी है। इन अभ्यासों से आप यह समझ पाएँगे कि हँसने जैसी साधारण क्रिया में आपके शरीर के विभिन्न अंगों का कैसे उपयोग होता है।

1. आरामदायक मुद्रा में बैठ जाइए और अपना मुँह खोलकर जोर से हँसिए। धीरे-धीरे, तेज तथा और अधिक तेज अर्थात् जितनी तेजी से हँस सकते हैं, हँसिए। बिना किसी रुकावट के एक मिनट या अधिक समय तक हँसते रहिए। अपनी योगकक्षा में मुझे दस मिनट तक प्रतीक्षा करनी होती है, तब जाकर सब लोग हँसना बंद करते हैं। हँसी छूत की बीमारी की तरह होती है और जब एक व्यक्ति हँसना शुरू करता है तो दूसरे लोग भी हँसने लगते हैं और हँसते चले जाते हैं।

2. यह अभ्यास ऊपर के हँसने से सर्वथा भिन्न है, क्योंकि आपको मुँह बंद करके और चेहरे की पेशियों को बंद किए बिना ही हँसना है। आपको भीतर-ही-भीतर हँसना है और आपके चेहरे पर मुस्कराहट तक नहीं आनी चाहिए। इस अभ्यास के दौरान आपकी आँखें चमकने लगेंगी और आपको अनुभव होगा कि आपके शरीर का प्रत्येक अंग हँस रहा है।

संभावित कठिनाइयाँ : कुछ लोग जोर से ठहाका लगाकर नहीं हँस सकते। ये लोग अवरुद्ध मन के होते हैं और अपने आप को रोक लेते हैं। ऐसे लोग अपने अंतर्मन की बात खुलकर नहीं कह सकते। ऐसे लोगों को यह योगाभ्यास करने की योग्यता का विकास करने के सर्वोत्तम प्रयास करने चाहिए। ऐसे लोगों के लिए यह योगाभ्यास बहुत लाभदायक होगा और भावनाओं को सामान्य रूप से दबाए जाने की आदत से छुटकारा दिलानेवाला सिद्ध होगा।

इसके लाभ : ठहाका लगाकर हँसने पर आप अनुभव करेंगे कि इस प्रक्रिया में आपके उदर भाग की मांसपेशियों का बहुत प्रयोग होता है और इससे आपके फेफड़ों और गले के नीचे के भाग का व्यायाम होता है। बेहिचक हँसने से आपको अंत: अवरोधों से मुक्ति मिलती है और तनाव दूर होता है। आंतरिक रूप में हँसना आपको आत्म-नियंत्रण सिखाता है और इस आसन से प्रकट होता है कि हँसने की प्रक्रिया में किस प्रकार समूचा शरीर भाग लेता है।

(ग) सूक्ष्म शरीर, नाड़ियाँ, चक्र और कुंडलिनी

मानव शरीर के अंदर विद्यमान सूक्ष्म शरीर की चर्चा हम अध्याय पहले और चौथे सप्ताह 'ङ' में पहले भी कर चुके हैं। अब हम इस पर थोड़े विस्तार से चर्चा करेंगे, जिससे हम योगशक्तियों की मूल अवधारणाओं और शरीर में ऊर्जा के वितरण को समझ सकें।

मैं यह फिर दोहराती हूँ कि मानव शरीर में विद्यमान सूक्ष्म शरीर को हमारे भौतिक शरीर की रचना प्रणाली से गड्डमड्ड नहीं करना चाहिए। 'सूक्ष्म' शब्द जहाँ एक ओर उसकी अदृश्यता को ध्वनित करता है, वहाँ दूसरी ओर भौतिक शरीर की अपेक्षा सूक्ष्म शरीर की श्रेष्ठता भी व्यंजित करता है। जब हम कहते हैं कि प्राण हमारे समूचे शरीर में संचरण कर रहा है अथवा हम अपने प्राण को अपने शरीर के किसी अंग-विशेष की ओर ले जाएँ, तो यह हमारे शरीर में विद्यमान सूक्ष्म शरीर का वाचक है। प्राचीन भारतवासी जानते थे कि जो वायु हम

खींचते हैं, वह हमारे फेफड़ों में जाती है। उन्होंने शरीर-रचना को जान-समझ लिया था और शरीर के दर्शन की खोज कर ली थी। सूक्ष्म शरीर हमारे भौतिक शरीर के भीतर संपूर्ण ब्रह्मांड का प्रतिनिधि है। हम इस ब्रह्मांड के अंग हैं और तात्त्विक रूप से सबकुछ पंचभूतों से ही बना हुआ है। ये पंचभूत या पंचतत्त्व हैं—आकाश, वायु, अग्नि, जल तथा पृथ्वी। ये तत्त्व हमारे शरीर में इस प्रकार विद्यमान हैं। 1. हमारे पाँवों और घुटनों के बीच पृथ्वी तत्त्व हैं, 2. घुटनों और गुदा भाग के बीच जल तत्त्व हैं, 3. गुदा तथा वक्ष भाग के बीच अग्नि तत्त्व हैं, 4. वक्ष भाग और भृकुटि के बीच वायु तत्त्व हैं और 5. भृकुटि एवं सिर के ऊपरी भाग के बीच आकाश तत्त्व हैं तथा तंत्र साहित्य में इन तत्त्वों को विभिन्न रंगों के विविध प्रतीकों द्वारा व्यक्त किया गया है। वर्तमान संदर्भ में मैं इन प्रतीकात्मक विवरणों की चर्चा नहीं करूँगी। जो पाठक इस विषय में रुचि रखते हों, वे इस विषय पर अन्य पुस्तकें पढ़ सकते हैं (देखिए अध्याय-1, संदर्भ-14)।

इन पाँच तत्त्वों के अतिरिक्त सूक्ष्म शरीर का निर्माण नाड़ी-तंत्र में होता है, जिसके माध्यम से प्राण का संचरण संभव होता है। हम चौथे सप्ताह के कार्यक्रम में तीन प्रमुख नाड़ियों की चर्चा कर चुके हैं। सुषुम्ना नाड़ी एकदम सीधी और पीठ के बीचोबीच होती है, जबकि इड़ा और पिंगला नाड़ियाँ सुषुम्ना नाड़ी से और एक-दूसरे से छह विभिन्न बिंदुओं पर मिलती हैं। तीनों नाड़ियों का मिलन-बिंदु गुदा के समीप है, जहाँ कुंडलिनी अथवा सुप्त शक्ति का निवास होता है। तीनों नाड़ियों के शरीर के अन्य ऊर्जा बिंदुओं पर मिलने को 'चक्र' कहते हैं। ये चक्र शरीर में कहाँ-कहाँ विद्यमान हैं, यह तालिका-1 में दिया गया है। केवल सुषुम्ना नाड़ी मस्तक से आगे सिर के ऊपरी भाग तक जाती है, जहाँ सातवाँ चक्र अवस्थित है।

जब योगाभ्यासी प्राणायाम में प्रवीणता प्राप्त कर लेता है और स्वयं को बाहरी सांसारिक प्रपंच से अलग कर लेता है, तभी वह इस सूक्ष्म शरीर का अनुभव कर पाता है।

कुंडलिनी शक्ति कुंडली मारे ऊर्जा के रूप में होती है, जो तीनों प्रधान नाड़ियों के आधार-स्थल पर सुप्त पड़ी रहती है। मानव की सामान्य अवस्था में यह ऊर्जा सुप्तावस्था में कुंडली मारे निष्क्रिय होती है। इसी को सर्वशक्ति कहते हैं और इसे कुंडलिनी मारे सर्प के रूप में दर्शाया जाता है। योगाभ्यासी का काम भीतर सुप्तावस्था में पड़ी अपनी इस ऊर्जा को जाग्रत् या सक्रिय करना होता है। दूसरे शब्दों में कुंडलिनी जागरण का अर्थ अपने भीतर बह्मांडीय शक्ति की विद्यमानता को जागरूक चेतना प्रदान करना होता है।

सक्ष्म शरीर की तीन प्रधान नाड़ियों और उनके परस्पर मिलने के केन्द्रों का रेखाचित्र, जिन्हें 'चक्र' कहते हैं। इस प्रकार हैं—

सिर का सबसे ऊपरी भाग-भृकुटि केंद्र-वक्ष-नाभि-जननेंद्रियाँ-गुदा।

यह पहले ही बताया जा चुका है कि प्रत्येक आत्मा, विश्वात्मा या परात्पर ब्रह्म का अंश होती है (अध्याय-1, संदर्भ-5)। सूक्ष्म शरीर उस परम तत्त्व द्वारा प्रदत्त ऊर्जा का बोधक है और सूक्ष्म शरीर में कुंडलिनी उस ऊर्जा का सुप्त और अप्रयुक्त स्रोत है। इसे सीधी-सादी भाषा में कहें तो हम कह सकते हैं कि ये जीवन की तीन सीढ़ियाँ हैं—पहला, हमारा भौतिक अस्तित्त्व, दूसरा, सूक्ष्म शरीर, जो हमारे भौतिक शरीर के भीतर विद्यमान ब्रह्मांडीय ऊर्जा है और तीसरा, आत्मतत्त्व, जो सभी प्राणियों को सजीव बनाने का प्रधान माध्यम है। आत्मा सूक्ष्म शरीर का कारण है और सूक्ष्म शरीर भौतिक शरीर का कारण है। सूक्ष्म शरीर के इस संक्षिप्त वर्णन में चक्रों का विवरण और आकार आदि देना तो संभव नहीं है, किंतु आगे की तालिका-2 में इन चक्रों के नाम, उनके महत्त्वपूर्ण इंद्रिय-कर्म तथा कार्यों का विवरण दिया गया है।

जब प्राणायाम की शक्ति—प्रणव, जप और अन्य योगाभ्यासों के द्वारा कुंडलिनी जाग्रत् हो जाती है तो वह इन चक्रों से गुजरती हुई ऊपर की ओर बढ़ती है और इन चक्रों की अव्यक्त ऊर्जा को जगाती चलती है। योग के अभ्यास से योगाभ्यासी इन चक्रों के माध्यम से ही सिद्धियाँ प्राप्त करते हैं। (विभिन्न

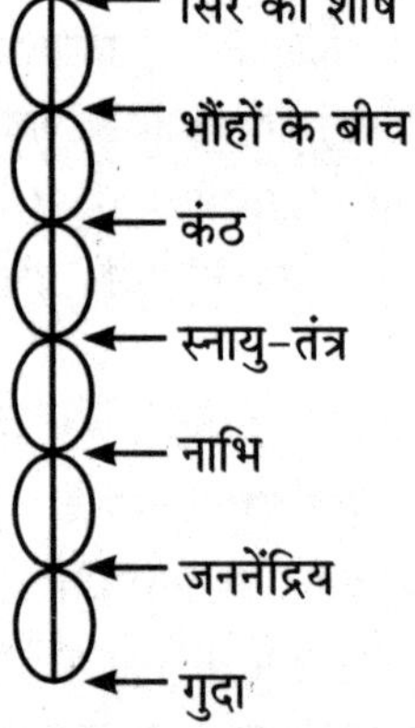

(चित्र-61 : इस आकृति के माध्यम से सूक्ष्म शरीर की तीन प्रमुख नाड़ियों और उनके मिलन-बिंदुओं का छह चक्रों के रूप में चित्रण।)

सिद्धियों के विषय में विस्तार से जानने के लिए पतंजलि का 'योगसूत्र', भाग-3 देखिए)। वास्तव में कुंडलिनी-जागरण योगाभ्यासी के योग के अंतिम लक्ष्य जन्म-मरण के चक्र या संसार से आत्मा की मुक्ति और ब्रह्म में लीन होने की यात्रा में चेतना के विभिन्न चरणों का सूचक है। कुंडलिनी की यात्रा सहस्रार चक्र पर समाप्त होती है, जो सिर के उर्ध्वभाग में अवस्थित है। वहाँ पहुँचने का अर्थ परमात्मा (पुरुष) में पुनः समा जाना होता है। यह पतंजलि द्वारा वर्णित 'कैवल्य' की अवस्था होती है। आत्मा परमात्मा से तभी तक अलग रहती है, जब तक आत्मा जागतिक माया-प्रकृति में तल्लीन रहती है। एक बार वह जागतिक माया-प्रकृति से अलग हो जाती है, वह परमात्मा से पुनः मिल जाती है और योगाभ्यासी की संसार से मुक्ति हो जाती है। यह सूक्ष्म शरीर का सूक्ष्मतम वर्णन है। फिर भी मुझे विश्वास है कि इससे आपको उन मूलभूत अवधारणाओं का ज्ञान हो सकेगा, जिनसे विभिन्न योगक्रियाओं तथा उनके उपयोग को समझने में सहायता मिलेगी।

तालिका-2

चक्र का नाम	मंत्र	इंद्रिय-कर्म	उपभोग
मूलाधार	लं	गंध-शक्ति	नीचे के अंगों का संचालन
स्वाधिष्ठान	वं	स्वाद-शक्ति	भुजा और हाथों का संचालन
मणिपूर	रं	दृश्य-शक्ति	मल-त्याग का संचालन
अनाहत	यं	स्पर्श-शक्ति	यौग अंगों का संचालन
विशुद्धि	हं	श्रवण-शक्ति	वाक्शक्ति का संचालन
आज्ञा	ॐ	मन-मस्तिष्क	समस्त मानसिक क्रिया का संचालन
सहस्रार	सबसे परे ब्रह्म का बोधक	कुंडलिनी की यात्रा की समाप्ति	

वर्तमान संदर्भ में प्राणायाम का अभ्यास और प्राणवायु को शरीर के वांछित भागों तक पहुँचाने की योग्यता विकसित कर लेना महत्त्वपूर्ण है। यह सफलता दीर्घकाल तक प्राणायाम करने और चित्त की एकाग्रता से प्राप्त की जाती है।

किसी भी लक्ष्य की प्राप्ति के लिए, चाहे वह स्वास्थ्य ठीक रखना हो, सिद्धियाँ प्राप्त करनी हों या स्वयं का तथा दूसरों का उपचार करने की शक्ति प्राप्त करनी हो, सबसे पहले अपने अंदर से ही शक्ति जाग्रत् करनी होती है। ज्ञान और प्रयत्न के अभाव में हमारी शक्ति का प्रयोग ही नहीं हो पाता। व्यक्ति विशुद्ध रूप से अपने ही प्रयासों में शरीर की सुप्त शक्ति को जगा सकता है। हम अपने भीतर की शक्ति के प्रति जागरूक हो जाने पर ही अपने को परमात्मा से जोड़ सकते हैं और उसके साथ तद्‌वत् हो सकते हैं।

यह मत समझिए कि चंद लोग ही सुप्त शक्तियों को जाग्रत् कर सकते हैं और सिद्धियाँ प्राप्त कर सकते हैं। भले ही हम सब अलग-अलग दिखाई दें, फिर भी हमारे शरीर के भौतिक तत्त्व समान हैं, एक जैसा ही सूक्ष्म शरीर है, एक जैसी ही आत्मा है और इस प्रकार सबकी क्षमताएँ समान होती हैं। योग-दर्शन के अनुसार मनुष्यों में बाहरी और परिस्थितियों-संबंधी भिन्नताएँ उनके संचित कर्मों तथा संस्कारों के कारण होती हैं। व्यक्ति तभी संसार-चक्र से मुक्त हो सकता है, जब वह अपने भीतर विद्यमान अनंत क्षमताओं का उपयोग करने की पात्रता प्राप्त कर लेता है।

(घ) धारणा, ध्यान और समाधि

प्राणायाम के उद्‌देश्य का पतंजलि ने बहुत सुंदर वर्णन इन शब्दों में किया है—'ततः क्षीयते प्रकाशावरणम्' अर्थात् प्राणायाम के अभ्यास से ज्योति के आवरण क्षीण होते हैं। (भाग-2, सूत्र-52) इसका अर्थ है कि ज्योति या प्रकाश हमारे भीतर ही है, जिस पर अविद्या अथवा अज्ञान का परदा पड़ा रहता है। हम इन जागतिक प्रपंचों में रम जाते हैं और समझने लगते हैं कि हम यहाँ सदैव रहेंगे। हम इस संसार में दूसरों से, पदार्थों तथा भौतिक वस्तुओं से आनंद प्राप्त करना चाहते हैं और यह भूल जाते हैं कि यह सब हमारे भौतिक अस्तित्व तक पानी के बुलबुले के समान अस्थायी हैं। जब 'प्रकाश का अवरोध' क्षीण हो जाता है (जब अज्ञान का परदा हट जाता है), तब हम यह समझ जाते हैं कि प्रकाश तो हमारे भीतर ही विद्यमान है। हम यह भी जान जाते हैं कि प्रसन्नता या आनंद तो हमारे अंतर में ही है। हम अपने उस सच्चे स्वरूप को पहचान पाते हैं, जो हमारे नश्वर अस्तित्व से परे है। यह अनुभव करने के लिए हमें विचारशून्य मन की आवश्यकता होती है। मन-मस्तिष्क की शक्ति से ही हम मन में विचारों के सतत प्रवाह का नियंत्रण

कर सकते हैं। यदि हम मानव शरीर की तुलना रथ से करें तो इंद्रियाँ उसके घोड़े हैं और मन उसकी रासों के समान है (अध्याय-1, उद्धरण-13 देखिए)। यह 'शरीर' शब्द हमारे समूचे भौतिक अस्तित्व, जिसमें मन और बुद्धि भी सम्मिलित हैं, का बोधक है। हमारा मन ही रथ को अपने गंतव्य पर पहुँचने का निर्देश देता है। इस पुस्तक के पिछले पृष्ठों से आप सीखते आ रहे हैं कि अपने मन को ही प्रशिक्षित करना है, जिससे वह स्वयं पर नियंत्रण करने में सक्षम हो सके। छोटे-छोटे कदम उठाकर ही हम यह सब सीख सकते हैं।

आजकल ध्यान, चेतनता, जागरूकता अथवा परम चेतना जैसे शब्दों की बड़ी चर्चा रहती है। बहुत-सी संस्थाएँ और समूह यह प्रयास कर रहे हैं कि इन विषयों के बारे में लोगों को जागरूक बनाएँ। इन सब प्रयासों के बावजूद, इन शब्दों की गुरु-गरिमा तथा सार को पूरी तरह नहीं समझा जा सकता है। कोई भी व्यक्ति सामूहिक चेतना, सार्वजनीन जागरूकता और ब्रह्मांडीय चेतना जाग्रत् करने का लक्ष्य लेकर नहीं चल सकता, जब तक वह स्वयं अपने लघु ब्रह्मांड 'मानव शरीर' के विषय में जागरूक होने की शुरुआत नहीं करता।

आजकल पश्चिमी देशों में ध्यान शब्द को नाना प्रकार के अर्थ-रंगों के साथ प्रयोग किया जाता है। बहुत-से युवक 'पूर्व' से आए उस गुरु के आदेशानुसार चलते हैं, जो 'गुह्यमंत्र' उनके कान में फूँकता है। ये युवक बैठकर उस मंत्र का जप उसकी महत्ता समझे बिना ही आरंभ कर देते हैं और इसी को 'ध्यान' कहने लग जाते हैं। योग की तकनीकी भाषा में किसी मंत्र की लगातार आवृत्ति को 'जप' कहते हैं, जो मन को संतुलित करने और ध्यान कर सकने की स्थिति में लाता है। आपके मन में दो विचारधाराएँ साथ-साथ चल रही होती हैं। जब आप 'जप' कर रहे होते हैं (हम यह काम 'ॐ' के उच्चार से करना सीख चुके हैं) तो पृष्ठभूमि में कोई दूसरा विचार भी चल रहा होता है। यह दूसरा विचार प्रवाह मन में न चलता रहे, इसके लिए हम 'ॐ' की आकृति पर अपने चित्त को लगाते हैं। इसका उद्देश्य यही होता है कि हम परमात्मशक्ति पर पूर्ण रूप से ध्यान केंद्रित करें और इस सांसारिक मायाजाल को सर्वथा भूल जाएँ। ध्यान करने की दिशा में यह पहला कदम है। 'जप', ध्यान और समाधि के बीच चेतना के और भी चरण हैं। समाधि अध्यात्म चेतना की वह अवस्था होती है, जिसमें आत्मज्ञान सर्वथा समाप्त हो जाता है, अपनी सुध ही खो देती है।

प्रथम तालिका में मैंने पतंजलि द्वारा वर्णित अष्टांगयोग को संक्षिप्त रूप

में प्रस्तुत किया है। इन आठ अंगों में से अंतिम तीन हैं—धारणा, ध्यान और समाधि। जप के बाद की अगली सीढ़ी है—धारणा, जिसका उद्देश्य है—चित्त को एक बिंदु पर केंद्रित करना। यह बिंदु बाह्य आकाश से संबंधित नहीं होना चाहिए, क्योंकि 'धारणा' की अवस्था में इंद्रियों को पूर्णत: निष्क्रिय कर लिया जाता है। इस प्रकार 'जप' में मंत्र की आवृत्ति की ध्वनि रहती है, जबकि 'धारणा' में चित्त आंतरिक जगत्-देश तक ही सीमित होता है। इसका अर्थ यह हुआ कि उस अवस्था में शरीर के सूक्ष्म ऊर्जा केंद्रों-चक्रों (जिनकी चर्चा हम अभी कर चुके हैं) पर ध्यान को केंद्रित करना चाहिए।

जब धारणा की अवस्था सतत बनी रहने लगे, तब इसे 'ध्यान' कहते हैं। इस प्रकार धारणा, झरने के सतत गिरते जलबिंदुओं के समान है, जबकि ध्यान, तेल के समान किसी गाढ़े पदार्थ के गिरने के समान है।

पतंजलि ने 'समाधि' को परिभाषित करते हुए कहा है कि 'तदैवार्थ मात्रनिर्भासं स्वरूप शन्यमिव समाधि:' अर्थात् जब ध्यान एक ऐसी अवस्था में पहुँच जाता है, जिसमें उसके अर्थ की चेतना मात्र रह जाती है और आत्म-अस्तित्व तक का बोध समाप्त हो जाता है तो उस अवस्था को 'समाधि' कहते हैं (भाग-3, सूत्र-3)।

यह तो सभी जानते हैं कि संत लोग जंगलों में चले जाते थे, जिससे एकांतवासी होकर 'ध्यान' कर सकें। ऋषिगण ही परात्पर ब्रह्म से साक्षात् कर पाते थे, उसमें लीन हो जाते थे और अपना भौतिक शरीर महीनों तथा वर्षों तक वहीं पड़ा छोड़ देते थे। हिमालय की उच्च कंदराओं में निर्जन प्रदेशों में रहनेवाले ऐसे ऋषियों के उदाहरण अभी भी मिल जाते हैं। ये सारी बातें इस भाव पर जोर देने के लिए कही जा रही हैं कि 'समाधि' की अवस्था ऐसे किसी 'ध्यान-केंद्र' में बैठकर प्राप्त नहीं की जा सकती, जहाँ महानगरों के लोग समूहबद्ध होकर आते हों। इस पुस्तक में हम योग की तकनीकी शब्दावली को उसके विशुद्ध अर्थों में प्रयोग करेंगे और अपनी सीमाओं का ध्यान रखते हुए इस मार्ग पर आगे बढ़ेंगे। यदि हम कुछ समय निकालकर आत्मज्ञान प्राप्त करने, अपनी विचार-शृंखला पर नियंत्रण करने और 'जप' तथा 'धारणा' से कुछ शांति-लाभ कर लेते हैं, तो मेरे विचार से यह भी एक बड़ी सफलता होगी। यदि हम अपने सामने बहुत ऊँचा लक्ष्य निधारित कर लें और अपनी सीमाओं का ध्यान न रखें तो हम इस मार्ग पर भटक भी सकते हैं।

नौवाँ सप्ताह

(क) सर्वांग आसन

जैसा इसके नाम से ही प्रकट है कि इस आसन में समूचा शरीर लगता है और इससे सारे शरीर का व्यायाम होता है। पीठ के बल चित लेट जाइए। दोनों टाँगें आपस में मिली रहें और हाथ शरीर के दोनों ओर कुछ दूरी पर हों। धीरे-धीरे अपनी टाँगों को उठाइए, जैसा कि टाँगें उठाने की मुद्रा (पहला सप्ताह 'ग', आकृति-15) में किया था। जब आपकी टाँगें आपके शरीर के समकोण की स्थिति में आएँ तो कुछ क्षणों के लिए रुकें और फिर टाँगों को धीरे-धीरे सिर की ओर ले जाएँ। इस प्रक्रिया में आपकी कमर थोड़ी-सी उठ जाएगी। अपने हाथों को अपनी कमर से लगाकर उसे सहारा दें। अब अपनी टाँगों को सीधा कर लीजिए और अपने हाथों की सहायता से पूरा शरीर सीधा कर लीजिए। इस मुद्रा में आपका सिर, आपके कंधे और कुहनियों से ऊपर का बाहु-भाग फर्श से लगा रहे और शेष शरीर हवा में सीधा रहे (आकृति-62)। इस आसन में आपकी ठोड़ी छाती से दबती रहेगी। इसमें श्वसन-क्रिया मंद होगी, क्योंकि वायु फेफड़ों में बहुत गहरे तक नहीं पहुँच सकेगी। इस आसन में जितनी देर आप आराम से रुक सकें, रुकिए। इस आसन से वापस आने के लिए अपनी टाँगें सिर की दिशा में मोड़ लीजिए, पीठ से अपने हाथ हटा लीजिए और धीरे-धीरे कमर को फर्श से लगा लीजिए। अपनी टाँगों को धीरे-धीरे नीचे लाकर फर्श पर लगा लीजिए। इस आसन में न तो झटके से टाँगों को ऊपर ले जाइए और न झटके से वापस लाइए। शुरू में इस आसन की मुद्रा में चंद सेकेंडों तक रहिए और बाद में धीरे-धीरे समय बढ़ाकर इसे तीन मिनट तक कर लीजिए। इस आसन को करने के बाद कुछ देर के लिए शवासन करके विश्राम कीजिए।

(चित्र-62 : सर्वांगासन)

संभावित कठिनाइयाँ : एकदम बदन को सीधा कर पाने में समय लगता है। शरीर का अधिकांश भार वक्ष-भाग को सँभालना

पड़ता है और यह आसन करते समय योगाभ्यासी के वक्ष-भाग पर बहुत दबाव पड़ता है। ठोड़ी छाती से दबी होती है और समूचे आंतरिक अंग उलटे लटके होते हैं और व्यक्ति को छाती पर कुछ दबाव अनुभव होता है।

इसके लाभ : इस आसन में हमारा शरीर कमर से सीधा खड़ा होता है और हमारे रक्त का दौरा पैरों की ओर से होता है। इस आसन से शरीर को बहुत लाभ होता है, क्योंकि रक्त-संचार विपरीत दिशा में हमारी गरदन और सिर की ओर होता है। इस आसन से थायराइड, टांसिल, गले की ग्रंथियों के रोग, कान-आँख-गले संबंधी नलिका तथा साइनस-संबंधी रोगों को ठीक करने में सहायता मिलती है। यह नाड़ी-तंत्र को मजबूत बनाता है और आँख की रोशनी बढ़ाने के लिए भी अच्छा है। यह चेहरे पर चमक लाता है। यह आसन समूचे शरीर की संवृद्धि के लिए उत्तम है।

सावधानी : जिन लोगों को रीढ़ के ऊपरी भाग में कोई कष्ट हो अथवा जिनके कंधों में चोट लगी हो, उन्हें यह आसन तथा नीचे वर्णित दोनों आसन नहीं करने चाहिए।

(ख) हलासन

जैसा इसके नाम से प्रकट है, इस आसन में शरीर की आकृति हल जैसी बन जाती है। पीठ के बल चित लेट जाइए और अपने हाथों को शरीर से कुछ हटाकर तथा दोनों टाँगों को मिलाकर रखिए। शरीर को पूर्णतः तनावरहित बनाइए, जैसा आपने पिछले आसन में किया है, उसी तरह अपनी टाँगें ऊपर उठाइए। टाँगों को सिर की ओर ले जाइए। इस अवस्था में कुछ क्षणों तक रहिए। अब अपनी कमर थोड़ी-सी उठाकर पाँवों को आगे बढ़ाइए तथा उनसे सिर के ऊपर की ओर वाले फर्श को छुएँ। इस आसन में अपनी टाँगें घुटनों पर से मुड़ें नहीं और आपकी बाँहें जमीन पर लगे रहें। पिछले आसन की भाँति इस आसन में भी श्वसन-क्रिया अपने आप नियमित होती रहेगी। इस आसन में श्वास फेफड़ों में बहुत गहरे तक नहीं जा पाती, इसलिए श्वास ऊपर-ही-ऊपर आती रहेगी। शुरू में इस आसन में कुछ क्षण ही रुकिए, किंतु बाद में इसका समय 5 मिनट तक कर सकते हैं। इस आसन से वापस आने में पहले टाँगों को धीरे-धीरे उठाइए और फिर कमर को फर्श से लग जाने दीजिए। अब अपनी टाँगों को समकोण की स्थिति से धीरे-धीरे नीचे लाइए। इस आसन के उपरांत 'शवासन' करके कुछ विश्राम कीजिए।

(चित्र-63 : हलासन)

वैकल्पिक मुद्रा : जब इस आसन के करने में कुछ असुविधा न हो और इस मुद्रा में एक मिनट तक रह सकें, तो आप अपनी बाँहें सिर की तरफ फैला लें, जिससे आप हाथों से अपने पैर छू सकें।

संभावित कठिनाइयाँ : कुछ लोग अपनी टाँगें पीछे की ओर इतनी नहीं ले जा पाते कि वे फर्श को छू लें। इसका कारण उनकी कमर में लचीलेपन की कमी है। अभ्यास करने पर कमर में यह लचीलापन लाया जा सकता है। हर बार यह प्रयास करें कि टाँगें जितनी पीछे जा सकती हैं, ले जाएँ। आप अनुभव करेंगे कि धीरे-धीरे आपकी कमर अधिक झुक रही है और इससे आप अपना लक्ष्य प्राप्त कर सकेंगे।

इसके लाभ : शरीर को भीतर तथा बाहर से झुकने योग्य बनाने की दृष्टि से यह आसन बहुत उपयोगी है। इससे पाचन-प्रणाली तथा मल-त्याग प्रणाली को भी लाभ होता है। इस आसन से सिर तथा गरदन के क्षेत्र में रक्त-संचार बढ़ जाने से वे लाभ भी होते हैं, जो सर्वांगासन से होते हैं। यह यौवन शक्ति को बनाए रखने तथा मोटापा घटाने की दृष्टि से भी अच्छा है।

(ग) उष्ट्रासन

पैर मोड़कर एड़ियों के बल ऐसे बैठिए कि आपके घुटने एक-दूसरे से लगभग 30 सेंटीमीटर दूर रहें। इसके बाद धीरे-धीरे सीधे होइए, जब तक कि आप अपने घुटनों के बल 'खड़े' न हो जाएँ। अपने हाथों को कमर पर रख लीजिए। धीरे-धीरे अपनी कमर पीछे की ओर झुकाइए। अपने हाथों को पीठ

(चित्र-64 : उष्ट्रासन)

पर ले आइए और अपनी हथेलियों को पाँवों के तलवों से लगाइए। जितनी देर आराम से रुक सकें, इस आसन में रुके। इस आसन से लौटने के लिए पहले अपने हाथों को कमर पर लाइए और अपने को धीरे-धीरे सीधा करके अंत में घुटनों पर बैठ जाइए। वज्रासन की (दूसरी मुद्रा) अवस्था में बैठ थोड़ी देर विश्राम कीजिए। धीरे-धीरे अभ्यास करके इस आसन में अधिक देर तक रुकने की क्षमता प्राप्त कर लीजिए।

संभावित कठिनाइयाँ : कुछ लोगों का यह आसन करते हुए जी घबराने लग सकता है। ऐसी अवस्था में इस मुद्रा में न रुककर। आरंभिक अवस्था में तुरंत लौट आना चाहिए और इसे बार-बार दुहराना चाहिए। जब आप थके हुए हों तो इस आसन को न करें। इससे आपका सिर चकरा सकता है।

इसके लाभ : इससे शरीर में ऊर्जा का संचरण तथा वितरण ठीक होता है और गुणों में संतुलन आता है। इस प्रकार यह आसन अच्छा स्वास्थ्य सुनिश्चित करता है। यह पाचन-क्रिया को ठीक करता है, शिर भाग में रक्त-संचार बढ़ाता है और शरीर में लचीलापन लाता है।

(घ) 'धारणा' का उपक्रमण

पिछले सप्ताह के कार्यक्रम में हमने मानसिक ध्यान के सिद्धांत-पक्ष की चर्चा की थी। अब हम 'धारणा' की अवस्था में आने के लिए आवश्यक अनेक चरणों और प्रत्येक चरण के तरीकों का वर्णन करेंगे।

इस पुस्तक में हमने विभिन्न तरीकों द्वारा लगातार यह प्रयास किया है कि मन इधर-उधर न भटके। योगासन और अन्य योगाभ्यासों द्वारा संपूर्ण ध्यान शरीर पर केंद्रित हो, जिससे मन में 'एकाग्रता' आ सके। 'ॐ' का जप भी मस्तिष्क को विचारशून्य बनाने के लिए किया जाता है। अब समय आ गया है कि हम इस विषय की पुनः चर्चा करें और इस दिशा में अगला कदम उठाएँ।

आपमें से कुछ पाएँगे कि योगाभ्यासों पर ध्यान केंद्रित करना सरल है, जबकि अन्य यह अनुभव करेंगे कि विचारशून्य मस्तिष्क कर पाना बहुत कठिन है। जैसा कि मैंने शुरू में (अध्याय-2) कहा था कि यह मानसिक अवस्था प्राप्त करना, इस प्रशिक्षण की आधारभूत बात है। मन की स्थिरता प्राप्त करने के लिए व्यक्ति को अपने मन को नियंत्रित करने की क्षमता का विकास करना होता है। यह प्रतिदिन आधे घंटे के सत्र में बैठकर नहीं हो पाता, बल्कि इसके लिए लगातार मन को मोड़ने का प्रयास करना होता है। मैं पुनः नई भाषा सीखने के अपने प्रिय उदाहरण की चर्चा करूँगी। प्रतिदिन आधे घंटे तक नई भाषा सीखना अच्छा तो है, लेकिन इसे सीखने में जो सचमुच प्रगति हो सकती है, वह इस भाषा को बार-बार बोलने के प्रयास से जुड़ी है। कुछ लोग एक विदेशी भाषा को विद्यालय में 6-7 वर्षों तक सीख सकते हैं, लेकिन उन लोगों की अपेक्षा अच्छी तरह बोल नहीं पाते, जिन्होंने उस भाषा-भाषी देश में जाकर कुछ ही महीनों तक वह भाषा लोगों से बातचीत करने के माध्यम से सीखी। प्रशिक्षण और सतत अभ्यास से मस्तिष्क किसी भी नई बात का ज्ञान प्राप्त कर लेता है, फिर चाहे वह नई भाषा हो या ध्यान लगाना। नई भाषा सीखते समय आपका ध्यान नए शब्द, वाक्यों तथा व्याकरण आदि का ज्ञान प्राप्त करने पर लगा रहता है। मन-मस्तिष्क की विचारशून्यता की स्थिति प्राप्त करने के लिए आपको अपने मन को यह निर्देश देना होगा कि वह बाहरी जगत् की तरफ से अपने को हटा ले और स्थिरचित्तता की अवस्था में आए। यह अच्छी तरह समझें कि आप अस्थिर पानी (मन) की लहरों (विचार-शृंखला) को रोककर चंद्रमा (आत्मा, अपने सत्यस्वरूप) को देखने का प्रयास कर रहे हैं।

पिछले अध्यायों में मैंने चित्त की स्थिरता प्राप्त करने के लिए मन को प्रशिक्षित करने के लिए अनेक तरीकों का उल्लेख किया है, लेकिन इसके लिए आप कोई भी वैकल्पिक तरीके प्रयोग कर सकते हैं और अपने निजी तरीकों का भी आविष्कार कर सकते हैं। आपको जो पसंद हो, वैसी कोई ध्वनि, कोई शब्द या संगीत या दृश्य-रूप चुन सकते हैं। अपनी किसी प्रिय कविता की दो पंक्तियाँ भी पूरे मनोयोग से दोहराने पर अपने मन की विचार-लहरों को रुकने में सहायता मिलेगी। मैं किसी ज्योति या अपनी ही उँगली को आँखों के समीप लाने के तरीकों से ध्यान लगाने की सलाह नहीं दूँगी, क्योंकि इन अभ्यासों से आपकी आँखों को हानि पहुँच सकती है। इससे अच्छा तो यह है कि आप अपनी आँखें बंद कर लें और जिस वस्तु या रूपाकार पर ध्यान केंद्रित करना चाहें, उसकी कल्पना करें, न कि प्रत्यक्ष रूप से उस पर आँखें खोलें, टकटकी लगाकर देखें।

एकाग्रता का प्रमुख लाभ है—शांति की प्राप्ति। एकाग्रता से जो आंतरिक आनंद प्राप्त होता है, उसका वर्णन नहीं किया जा सकता, क्योंकि वह हर व्यक्ति का अपना-अपना निजी अनुभव होता है। आपमें से जिन लोगों का इस संबंध में विश्वास हो तथा साहस हो, वे इस अनुभव की प्राप्ति की दिशा में आगे बढ़ें।

'धारणा' से पूर्व यह मान जाता है कि आपको इस विषय में पृष्ठभूमि-संबंधी ज्ञान है, आपने योगासनों, प्राणायाम, जप और एकाग्रता के नियमित अभ्यास किए हैं। ये सभी अभ्यास धारणा के आरंभ की आधारशिला होते हैं। 'धारणा' के अभ्यास के समय सभी इंद्रियों का बाह्य जगत् से संबंध टूट जाता है। मन को शरीर के तात्त्विक रूप पर अथवा किसी एक चक्र पर ध्यान केंद्रित करना होता है। धारणा के अभ्यास के लिए शांत तथा हवादार स्थान चुनिए। किसी गद्दी अथवा गलीचे पर पालथी मारकर आराम से बैठ जाइए। प्रकाश के सामने मत बैठिए। यदि रात का समय हो तो बत्ती बुझा दीजिए और अगर दिन हो तो खिड़कियों पर परदा खींच दीजिए अथवा खिड़की से दूर बैठिए। ऐसा करने में कोशिश यह रहती है कि आपका चित्त बाहरी जगत् से हट जाए, जिससे आप आंतरिक प्रकाश देख सकें।

'धारणा' की अवस्था में बैठने से पहले प्राणायाम करें, फिर 'ॐ' का उच्चारण करें तथा 'ॐ' का आकार ध्यान में लाएँ। धीरे-धीरे ध्वनि को समाप्त कर दीजिए और मन को 'ॐ' की अंतः ध्वनि तथा आकार में विलीन कर दीजिए। आँखें बंद करके 'ॐ' के आकार को भृकुटी (दोनों भवों के बीच) में

आज्ञाचक्र के स्थान पर विद्यमान होने की कल्पना कीजिए। 'ॐ' ही आज्ञाचक्र का मंत्र है। इस अवस्था में आपके लिए एकमात्र वास्तविकता यही होनी चाहिए कि उसके अतिरिक्त संसार में आपके लिए कुछ विद्यमान न हो।

यह सब कहना (वर्णन करना) आसान है, परंतु इसे प्रत्यक्ष रूप से करना कठिन। मन में अनेक प्रकार के विचार प्रवेश करने का प्रयास करते हैं। योग के ग्रंथों में कहा गया है कि मन जाग्रतिक प्रपंचों की ओर उसी प्रकार आकृष्ट होता है, जैसे लोहे की ओर चुंबक। हम न भी चाहें, तब भी विचार मन में घुस जाते हैं। आपको अपना मन बाहरी विचारों के लिए बंद करना सीखना होगा। आपका ध्यान बार-बार बँटेगा और हर बार आपको उसे 'ॐ' पर लाना होगा। यह स्थिति आती ही रहेगी। इससे हतोत्साहित मत होइए, धैर्य रखिए और अपने मार्ग पर दृढ रहिए। आपको यह अभ्यास प्रतिदिन करना होगा। इस अभ्यास का सर्वोत्तम समय या तो रात को सोने जाने से पहले का है, तब आप अपने हाथ-मुँह धोकर बैठिए, अथवा प्रातः शौचादि से निवृत्त होकर स्नान करने के बाद का है।

धारणा का अभ्यास करने से आप अपने मन को जानने की क्षमता प्राप्त कर सकेंगे। इससे पता चलेगा कि आपके मन में कितना तनाव है, कितने दबाव हैं, जिनके विषय में आपको ज्ञान भी हो सकता है और ज्ञान नहीं भी हो सकता। आंतरिक अशांति आपके मन में तेज विचार-लहरियाँ उठाएगी और आपके लिए स्थिरचित्त होना अधिकाधिक कठिन होगा। इस अभ्यास से आपको अपने मन-दर्पण पर जमी धूल का ज्ञान होगा और निरंतर अभ्यास करने से आप इस धूल को साफ कर सकेंगे। मन को दर्पण की उपमा देते हुए हिंदी के एक गीत में कहा गया है—

तेरा मन दर्पण कहलाए।
भले-बुरे सारे कर्मों को देखे और दिखाए।
तेरा मन दर्पण कहलाए।
सुख की कलियाँ, दुःख के काँटे, मन सबका आधार।
मन से कोई बात छिपे न
मन के नैन हजार।
जग से चाहे भाग ले कोई, मन से भाग न पाए।
तेरा मन दर्पण कहलाए।
मन ही देवता, मन ही ईश्वर,

मन से बड़ा न कोय।
मन उजियारा जब-जब फैले,
जग उजियारा होय।
इस उजले दर्पण पर प्राणी, धूल न जमने पाए।
तेरा मन दर्पण कहलाए।

□

4

स्वास्थ्य-रक्षा तथा आत्म-उपचार

शारीरिक बीमारियों और गड़बड़ियों के प्रति पश्चिमी जगत् की प्रतिक्रिया हमारी प्रतिक्रिया से बहुत भिन्न होती है। मानव को होनेवाले कष्टों में पीड़ा और दर्द होना सबसे आम बात होती है। परिवार में किसी को सिरदर्द की शिकायत हो तो पश्चिम में सहानुभूति दिखाने का तरीका है—तुरंत उसके सामने दर्द-निवारक टिकिया हाजिर कर देना। मैं ऐसे परिवार में पली-बढ़ी हूँ, जिसमें एक ही मकान में तीन पीढ़ियाँ रहती थीं। अगर किसी को सिरदर्द होता तो या तो उसके सिर को दबा देते थे या चाय का एक प्याला पिला देते थे। परीक्षा के पूर्व आपके परिवार का कोई सदस्य सिर दबा दे, यह आम बात थी। परिवार में से ही किसी के द्वारा सिर दबाने की उपचार-क्रिया करना, जैसा कि आपने इस पुस्तक के प्रथम योगाभ्यास (आकृति-3-4) में सीखी है, भी बहुत आम बात थी। इसके अलावा मालिश करनेवाले पेशेवर आदमी तथा औरतें भी होती थीं, जो हमारे परिवार में समय-समय पर आकर अच्छी तरह तेल-मालिश कर देती थीं। मालिश-चिकित्सा के अलावा भारतीय घरों में छोटी-मोटी बीमारी की खाद्य-चिकित्सा होती है। भारतीय पाक-कला में बहुत-से मसाले, जड़ी-बूटियाँ तथा अन्य छौंक-बघार की चीजें भी प्रयोग में लाई जाती हैं, जिनसे भोजन सुस्वादु ही नहीं हो जाता, बल्कि सहज रूप से इलाज भी करता है। यह ज्ञान परिवार-परंपराओं की पूँजी होती है और दुर्भाग्यवश शहरी लोगों में लुप्त होती जा रही है।

नगरों की भाग-दौड़ भरी जिंदगी में लोगों के पास इतना समय ही नहीं रह गया है कि एक-दूसरे का खयाल कर सकें, सिर दबाकर या मालिश करके तनाव दूर कर सकें तथा शरीर की ऊर्जा का पुनः वितरण कर सकें। लोगों में जड़ी-बूटी की चिकित्सा के लिए धैर्य ही नहीं रह गया है, क्योंकि उन्हें लगता है कि इस चिकित्सा में बहुत समय लगता है। उन्हें दर्द-निवारक औषधियाँ बहुत ही सुविधाजनक लगती हैं। इस प्रकार हमारी सभ्यता के विकास में औद्योगिक रसायनों की लगातार वृद्धि हो रही है। बहुत से बीजों, जड़ी-बूटियों के प्रयोग से भोजन-चिकित्सा तो सर्वथा एक अलग पुस्तक का विषय है।

हमारे शरीर में होनेवाली मामूली-सी पीड़ा या दर्द शरीर की ओर से हमें दी जानेवाली चेतावनी है। उसकी तरफ पूरा ध्यान दिया जाए तथा उसका उपचार किया जाए और फिर विश्राम किया जाए। आजकल जब लोगों के सिर में दर्द होता है तो दर्द-निवार दवा लेकर अपना काम अथवा आमोद-प्रमोद जारी रखते हैं। इन दवाइयों का लगातार और लंबे समय तक सेवन करने से पेट या गुर्दे या इन दोनों की समस्याएँ उठ खड़ी होती हैं। सबसे अधिक और सर्वमान्य दर्द-निवारक औषधि, जो व्यावसायिक रूप से बिकनेवाली बहुसंख्यक औषधियों में मिली होती है, वह है एसीटिल सैलीसाइलिक एसिड। इसके अत्यधिक उपयोग से न केवल व्यक्ति को भूख लगना कम हो जाती है, बल्कि पेट का व्रण (फोड़ा) हो सकता है और रक्त को गाढ़ा करने की प्रक्रिया मंद हो सकती है। इस प्रकार यह मासिक धर्म के समय अधिक रक्तस्राव का कारण बनती है और यदि चोट लग जाए तो गंभीर समस्या उपस्थित हो सकती है। यहाँ ये सब चर्चा करने का उद्देश्य औषधियों और आधुनिक चिकित्सा प्रणाली की निंदा करना नहीं है। इसका उद्देश्य औद्योगिक रसायनों के अत्यधिक प्रयोग पर नियंत्रण करने की सलाह देना है, जिनके कारण हमारी शरीर-व्यवस्था को हानि पहुँच सकती है। इसके विकल्प के रूप में शरीर में तेज औद्योगिक रसायनों का प्रवेश कम-से-कम करने और प्राकृतिक औषधियों तथा हलकी दवाइयों के साथ उपचारात्मक योगाभ्यासों का परामर्श दिया जाता है। इस दिशा में हमारा पहला प्रयास यह होना चाहिए कि स्वास्थ्य को अच्छा बनाए रखें, उसकी उपेक्षा न करें, ताकि हम गंभीर रूप से बीमार न पड़ें, जिनके कारण तेज दवाइयाँ लेने की जरूरत पड़े।

हमारी बहुत-सी बीमारियों की जड़ में हमारी भावनात्मक समस्याएँ होती हैं। बीमारियाँ हमारे संचित भावनात्मक दबावों की अभिव्यक्ति होती हैं। हम जानते हैं कि प्रकृति में लुप्त कुछ भी नहीं होता। प्रकृति में सतत परिवर्तन और

रूप का बदलाव ही आता रहता है और सभी तत्त्वों का पुनः प्रयोग होता रहता है। यदि हम अपने वातावरण को एक अथवा दूसरे रूप में प्रदूषित कर देते हैं, तो हम उसके विषय में कुछ नहीं कर सकते। हमें इनके परिणाम स्वास्थ्य खराब होने के रूप में अथवा पृथ्वी की हरियाली न रहने के रूप में भोगने पड़ते हैं। कुछ वर्ष पहले तक हम यह नहीं जानते थे कि हमारे उद्योगों से निकलनेवाले कुछ पदार्थ वातावरण में ओजोन को क्षति पहुँचा सकते हैं। ओजोन ऑक्सीजन का ही एक रूप है, जो वातावरण में (पृथ्वी से 20 से 45 कि.मी. की ऊँचाई पर) रहती है, जो पृथ्वी पर सूर्य की परा-बैंगनी किरणों को आने से रोकती है। परा-बैंगनी किरणों का बड़ा हानिकर प्रभाव होता है और उससे त्वचा का कैंसर भी हो सकता है। मैं ये सब बातें इसलिए कह रही हूँ, जिससे यह तथ्य उजागर कर सकूँ कि सभी घटनाओं, हमारे जीवन-यापन के सब पहलुओं और हमारे सभी अनुभवों का हम पर स्थायी प्रभाव पड़ता है। ये प्रभाव हमारी चेतन स्मृति में भले ही न हों, पर वे विद्यमान रहते हैं। वे हमारे अस्तित्व पर किसी-न-किसी रूप में अवश्य ही प्रभाव छोड़ते हैं।

प्रतिकूल अनुभव संचित हो जाने पर अकस्मात् बीमारी के रूप में प्रकट होते हैं। हम सबके कुछ कमजोर केंद्र होते हैं और उन्हीं पर दबावों का प्रभाव रोग के रूप में हमारे सामने आता है। कुछ लोगों को पेट में घाव हो जाते हैं, कुछ के भयंकर शिरशूल होता है, कुछ लोगों को दाहिने या बाएँ कंधे में दर्द होने लगता है और कुछ लोगों के ये कमजोर केंद्र वस्ति प्रदेश (जहाँ जंघाओं की हड्डियाँ आगे की ओर मिलती हैं) में होते हैं। प्रश्न है कि इस स्थिति में किया क्या जाए? जब तक जीवन है, प्रतिकूल अनुभवों, दुःख-दर्दों और दबावों से मुक्ति नहीं मिल सकती, लेकिन हम अपना दृष्टिकोण बदलना सीख सकते हैं और ऐसे रह सकते हैं, जिससे इन दुःख-दर्दों, दबावों आदि के प्रभावों को इकट्ठा न होने दें। समस्याओं को उपस्थित होते ही उनसे निबटाना सीख लें। न तो उन समस्याओं को टालिए और न उनके अंबार लगने दीजिए। उनका तर्कसम्मत विश्लेषण कीजिए और अपनी गलतियाँ स्वीकार करना सीखिए। हमेशा आत्म-सहानुभूति तथा आत्म-दया की अवस्था मत बनाए रखिए। दूसरों के प्रति करुणा भाव रखना तथा क्षमा करना सीखिए। आप यह सब किसी और की खातिर न करें, बल्कि अपनी खातिर, अपनी शांति की खातिर करें। अप्रसन्न स्थिति में बहुत समय तक मत रहिए। उस स्थिति से निकलने के लिए कुछ कीजिए। स्वयं को कभी असहाय मत समझें। जीवन में सदैव एक नया मार्ग मिल ही जाता है।

रोजमर्रा की अप्रसन्नता का संचित प्रभाव बहुत विनाशक होता है, जो स्वास्थ्य को चौपट करके रख देता है।

अपने को तनाव-दबावों से जितना अधिक संभव हो, बचाकर रखिए। सदा याद रखिए कि दबाव एक मानसिक अवस्था है और उससे मुक्ति पाना हमारे हाथ में है। आपको देर हो रही है, बस समय पर नहीं आती या आप कहीं भीड़ में (ट्रैफिक जाम) में फँस गए हैं और आप कुछ नहीं कर सकते, ऐसी स्थिति में अपने स्नायु-तंत्र को ध्वस्त करके या बार-बार बेचैन होकर भी आप समय की बचत नहीं कर सकते। तब क्यों न अपने स्नायुतंत्र को ही बचाकर रखें, समय तो नष्ट हो ही रहा है। हमारे रोजमर्रा के जीवन में ऐसी सैकड़ों स्थितियाँ आती हैं। इसलिए अपने आप को सचेत रखकर हमें अपनी तरफ ध्यान देना चाहिए और बुरी-से-बुरी स्थिति में भी शांत रहने के लिए अपने चित्त को प्रशिक्षित करना चाहिए।

अब से कोई 30 साल पहले, भारत में कैंसर का रोग कभी-कभार ही सुनने में आता था। कोई 'कैंसर' शब्द को जानता भी नहीं था। हमने अपनी दादी को कभी न ठीक होनेवाले एक फोड़े के विषय में बात करते हुए सुना था। वे कहती थीं कि यह फोड़ा संचित चिंताओं और कष्टों की वजह से होता है, जो इस भयंकर फोड़े के रूप में सामने आती हैं। हिंदी में एक कहावत है कि 'चिंता चिता समान होती है।' आज के वैज्ञानिक इस बात पर गर्व अनुभव करते हैं कि वे चूहों को अपनी प्रयोगशाला में कठिन और चिंताजनक स्थिति में रखकर मानसिक तनाव से पैदा होनेवाले रोगों को सिद्ध कर सकते हैं, लेकिन सच्चाई यह है कि इस बात का पता मानव जाति को अनादिकाल से रहा है।

स्वास्थ्य रक्षा का दूसरा पहलू शारीरिक है। इसका काम है आपकी शरीर की रक्षा-व्यवस्था को सक्रिय करना तथा अपने आप को रोग के संभावित भावी आक्रमणों का सामना करने के लिए तैयार करना। उदाहरण के तौर पर आपके आस-पास के लोगों में से कुछ का गला खराब हो या कंठनली में रोगाणुओं का आक्रमण हो, तो आपको भी यह बीमारी लग सकती है। इन रोगों के आक्रमण से बचाव के लिए आप दो तरफा सुरक्षा उपाय कर सकते हैं। पहला कदम यह है कि इसका शरीर पर आक्रमण होने से बचाव करें तथा गरारे करें और गला साफ करने के योगाभ्यास करें, तरल पदार्थों का अधिक प्रयोग करें, खासकर गरम पानी में नीबू डालकर या चाय आदि पिएँ। दूसरा कदम है—प्राणायाम का अभ्यास और प्राणशक्ति को उस स्थान पर केंद्रित करना, जहाँ इस रोग का आक्रमण हो सकता है। अपने आप से बार-बार कहिए कि मुझे यह रोग नहीं

होने जा रहा है और मुझमें इसके आक्रमण से अपनी रक्षा करने की शक्ति है। इसके साथ-साथ स्वयं को अधिक थकाएँ नहीं, नियमित रूप से भोजन करें और पर्याप्त नींद लें।

आत्म-उपचार कोई रहस्यमय वस्तु नहीं होती, जैसा कि इसे पश्चिम में समझा जाता है। इसमें स्वयं को पूर्ण विश्राम की अवस्था में लाएँ और फिर अपनी अंत:शक्ति को रोगग्रस्त अंग पर केंद्रित करें। रोगग्रस्त अथवा रोग से मुक्त होते हुए अंग पर शक्ति को एकाग्रता से लगाएँ। अपने मन की शक्ति से व्यक्ति शरीर की शक्ति के पुनर्वितरण के द्वारा रोगग्रस्त अंग को सबल बना सकता है।

शरीर के जिस अंग को ठीक करना हो, उसका मानवीकरण कर लें। इससे उस भाग और आपके विचारों में एक अंतराल आ जाता है। इस अवस्था में आप इस अंग से बातचीत कर सकते हैं। उस प्रभावित भाग पर ध्यान एकाग्र करें और उससे बहुत मृदुल भाव से तथा प्रेमपूर्वक बातचीत करें। अपने शरीर के उस अंग से कहें कि वह हिम्मत रखे, साहस दिखाए और स्वस्थ बने। उस भाग को प्यार से थपथपाएँ और उससे कहें कि मैं तुम्हें स्वस्थ होने के लिए अतिरिक्त ऊर्जा प्रदान करूँगा या करूँगी, साथ ही प्राणायाम करें और प्राणवायु को उस अंग तक ले जाएँ। अपनी प्राणवायु को वहाँ रोकें और प्रभावित अंग पर ध्यान केंद्रित करके उसे सक्रिय ऊर्जा प्रदान करें तथा नकारात्मक शक्ति बाहर ले जाएँ। जब यह ऊर्जा परिवर्तन करें तो विरोधी प्राणवायु को बाहर निकालें। इस प्रक्रिया को अनेक बार दोहराएँ। आत्म-उपचार की इस प्रक्रिया के लिए विश्राम की उपयुक्त अवस्था में रहें तथा उस अंग को सुविधा प्रदान करने की उपयुक्त अवस्था सुलभ करें। अनेक बार ऐसा भी होता है कि शरीर में दर्द हो अथवा व्यवस्था गड़बड़ा गई हो और मानसिक उलझनें बहुत अधिक हों तथा आप यह अनुभव करें कि आपमें न तो आत्म-उपचार की शक्ति है और न कोई पहल करने की इच्छा ही है। ऐसी स्थिति में आपको आवश्यकता होती है कि कोई अन्य व्यक्ति आपका उपचार करे। आपको उस व्यक्ति तथा उस रोगग्रस्त अंग से संबंध स्थापित करने की आवश्यकता पड़ती है। वह दूसरा व्यक्ति अंग के प्रभावित क्षेत्र पर हाथ रखे और इस प्रकार अपनी प्राणशक्ति को उस तक पहुँचाए। शेष प्रक्रिया उसी प्रकार की होगी, जैसे आत्म-उपचार में करते हैं।

दूसरे को रोग-मुक्त करने की आपकी शक्ति आपके ध्यान के केंद्रीकरण और प्राणायाम में प्रवीणता हासिल करने से आती है। आपके चित्त में जितनी अधिक एकाग्रता होगी, उतनी ही अधिक आप में दूसरे का उपचार करने की

क्षमता होगी।

लंबे समय से बार-बार आनेवाले पुराने दर्दों का व्यक्ति को बड़े ध्यान से निरीक्षण करना चाहिए। रोग के प्रकट रूप से सामने आने से पूर्व उसके लक्षणों का सावधानी से अध्ययन करना चाहिए। यदि यह करेंगे तो हलका-हलका दर्द होने की जो पूर्व चेतावनियाँ शरीर देता है, आप उनकी उपेक्षा नहीं कर सकेंगे। यदि प्रारंभिक अवस्था में ही आप रोग के आत्म-उपचार में लग जाएँगे तो उस रोग से मुक्त होने में आप सफल हो सकेंगे। लंबे समय तक रहनेवाले दर्दों के पीछे सदैव कुछ-न-कुछ स्थितियाँ रहती हैं। हम उन कारणों को हटाकर तथा दुर्बल अंग को स्वस्थ बनाने के लिए उपयुक्त वातावरण तैयार करके दर्द का आत्म-उपचार कर सकते हैं।

स्वास्थ्य-रक्षा के संदर्भ में यह बात भी महत्त्वपूर्ण है कि हम मासिक धर्म-संबंधी समस्याओं का अध्ययन करें, जिनसे हमारी आधी मानव जाति किसी-न-किसी रूप में पीड़ित रहती है। हारमोन के परिवर्तन से सिरदर्द, बेचैनी, मन का गिरा-गिरा रहना, उदर-कष्ट और कब्ज आदि की शिकायतें सुनने में आती हैं। इसके लिए जिन योगाभ्यासों का वर्णन किया गया है, उनसे काफी हद तक इन समस्याओं का उपचार किया जा सकता है, लेकिन पूर्ण रूप से ठीक रहने और स्वस्थ अनुभव करने के लिए महिलाओं को कुछ अन्य चीजों की ओर भी ध्यान देना चाहिए। (अ) सदैव अधिक सब्जियाँ और फल खाने चाहिए तथा भारी तले हुए पदार्थों को नहीं खाना चाहिए, (आ) सवेरे उठकर पानी पीने की आदत डालें। पेट में कब्ज की शिकायत बिल्कुल नहीं रहनी चाहिए, (इ) पर्याप्त तरल पदार्थ (खासकर मासिक धर्म से 15 दिन पहले) लें, (ई) रात को आठ-दस बादाम पानी में भिगो दें और सवेरे उन्हें छीलकर खाएँ।

मासिक धर्म-संबंधी गड़बड़ियों के लिए आधुनिक चिकित्सा शास्त्र में वस्तुतः कोई इलाज नहीं है। डॉक्टर इसमें केवल अतिरिक्त हारमोन ही देते हैं। कुछ लोग यह मानते हैं कि आधुनिक शास्त्र के कार्य पर एक तरह से पुरुषों का ही एकाधिकार रहा है, इसलिए महिलाओं की बीमारियों के अधकचरे तथा आदिम इलाज ही किए जाते थे, लेकिन दीर्घ परंपरावाली संस्कृतियों में महिलाएँ ही महिलाओं की बीमारियों को सँभाल लेती थीं और मासिक धर्म-संबंधी समस्याओं से आराम दिलाने के बहुत ही आसान तरीके उन्हें ज्ञात थे। भारत में मालिश करनेवाली महिलाएँ पेट की मालिश करके इलाज करने का सुविख्यात

तरीका जानती हैं। इस संबंध में जड़ी-बूटियों से इलाज करने का जहाँ तक संबंध है, हमारा हाल ही में स्थापित स्वास्थ्य संगठन (दि न्यू वे हैल्थ ऑर्गेनाइजेशन) मासिक धर्म-संबंधी तथा मासिक धर्म बंद होने के समय की समस्याओं (रोगों) के उपचार के लिए विभिन्न जड़ी-बूटियों का गिश्रित रूप बनाने की दिशा में अनुसंधान कर रहा है।

□

5
निष्कर्ष

शनैः-शनैः ज्ञानार्जन

आपमें से जो लोग योगाभ्यास तथा योग-दर्शन के विषय में पहले से जानते होंगे, उन्हें यह पुस्तक कुछ अटपटी-सी लगेगी, क्योंकि इसमें बहुचर्चित कुछ आसनों तथा 'पद्मासन' और 'सूर्य नमस्कार' की चर्चा नहीं की गई है। मैं इस पुस्तक में कुछ ऐसा देना चाहती हूँ, जिससे लोग योग को सीख-समझ सकें तथा इससे उन्हें योग को एक जीवन-पद्धति के रूप में अपनाने में सहायता मिले। मेरे व्यक्तिगत अनुभव के अनुसार पश्चिम अथवा शहरों में रहनेवाले 99 प्रतिशत से अधिक लोगों को कठिन आसन करने में शारीरिक कठिनाइयाँ आती हैं। इसके अतिरिक्त लोगों की मानसिक अवस्था तनाव-रहित नहीं होती। ये लोग अत्यधिक सक्रिय होते हैं और अधिक तनावग्रस्त हो जाते हैं। मैं इस पुस्तक को कठिन योगाभ्यास या आसनों से शुरुआत करके मुश्किल नहीं बनाना चाहती थी। कोई मुद्रा-विशेष बनाना या आसन करना सीखने से भी अधिक महत्त्वपूर्ण है—शांत मानसिक अवस्था का होना और अपने मन पर नियंत्रण करने की क्षमता पैदा करना। इस प्रक्रिया में समय तो लगता ही है तथा आपके समग्र ध्यान की आवश्यकता भी होती है। शरीर की किन्हीं खास मुद्राओं में जबर्दस्ती मोड़ना-तोड़ना हानिकर होता है। इसलिए मैं सीखने की क्रिया को बहुत धीरे-धीरे करने की पक्षधर हूँ। अधिक जटिल आसनों को दूसरी पुस्तक में दिया जाएगा, जिसे इस पुस्तक में वर्णित योगाभ्यासों में दक्षता प्राप्त कर लेने के बाद प्रयोग किया जा सकता है।

योगाभ्यासों या योगासनों को उतनी ही बार या उतने ही समय तक करना आवश्यक नहीं है, जैसा कि मैंने इस पुस्तक में लिखा है। मैंने यह संख्या या

समय तो माटे तौर पर ही बताया है। अच्छा तो यही रहेगा आप अपनी क्षमता के अनुसार आसन का समय या संख्या निर्धारत कर लें।

मैंने कुछ आधारभूत तथा बुनियादी योगाभ्यासों की चर्चा की है, जो बहुत महत्त्वपूर्ण हैं। इनका अकसर यह मानकर उल्लेख नहीं जाता कि ये तो सर्वथा व्यक्तिगत हैं या लोग इनके विषय में पहले से ही जानते हैं। मैंने इस पुस्तक को एक नीव के रूप में तैयार किया है, जिस पर आप आत्मज्ञान की पुख्ता इमारत खड़ी कर सकते हैं।

बच्चों को योग की शिक्षा

इस पुस्तक की सहायता से आप बच्चों को कुछ योगाभ्यास सिखा सकते हैं। इस सिलसिले में यहाँ कुछ निर्देश दिए जाते हैं। आप अपने बच्चे को ढाई-तीन साल की उम्र से योगाभ्यास सिखाना आरंभ कर सकते हैं। इस अवस्था में आप खेल-खेल में ही बच्चों को योगाभ्यास सिखाना शुरू करें। पहले बच्चे को पशुओं की मुद्राओं की नकल करनेवाले आसन सिखाइए, जिनका नाम उन पशुओं के नाम पर ही रखा गया है। छह वर्ष की आयु के बाद ही वे ध्यान को एकाग्र करने का महत्त्व समझ सकते हैं, क्योंकि उन्हें स्कूलों में पढ़ाई पर ध्यान लगाना सिखाया जाता है। बच्चे अंग-संचालन बहुत तेजी से कर सकते हैं। उन्हें बीच में मत रोकिए और वे जैसे करना चाहें, करने दीजिए। बाद में आप थोड़ा घुमा-फिराकर बता सकते हैं कि यदि वे वही अंग-संचालन धीरे-धीरे करें तो कितना मजेदार होगा। बच्चों को इतनी कम उम्र में योगाभ्यास सिखाने का लाभ यह होता है कि उनका शरीर लचीला बना रहता है और वे किसी आसन को अधिक समय तक कर सकते हैं। यदि आप उन्हें प्रशिक्षण देना जारी रखें तो वे इसके अनुशासनों को भी पूरी तरह समझना आरंभ कर देते हैं। बच्चों को ध्यान लगाने या एकाग्रता का महत्त्व अप्रत्यक्ष रूप से समझाना चाहिए, न कि उसे उन पर लादना चाहिए।

सम्यक्-बोध

दूसरा बहुत ही महत्त्वपूर्ण पहलू है, इस मार्ग पर आगे बढ़ने का निर्णय करने से पहले इस विषय और उसके लक्ष्यों को पूरी तरह आपको पहले समझ लेना चाहिए तथा मन में उसे स्वीकार लेना चाहिए; उसके बाद ही इस

पर आस्था-विश्वास के साथ आगे बढ़ना चाहिए। योग का मार्ग इसलिए नहीं अपनाना चाहिए, क्योंकि दूसरों ने ऐसा किया है या यह एक फैशन बन गया है। किसी भी काम को पूरी तरह समझे-बूझे बिना करना बहुत खतरनाक है। इस सिलसिले में मुझे एक घटना याद आती है। जब मैं वाशिंगटन में रह रही थी, तो मेरी एक मित्र थी, जो मुझसे अकसर शिकायत कर रही थी कि उसका मित्र लड़का नगर के किसी ध्यान-केंद्र में जाता है और वह इसके कारण अपने संबंधों के विविध पक्षों को रहस्यमय बना देता था। एक दिन वह बहुत ही हड़बड़ाई हुई आई और भारतीय होने के नाते मुझसे पूछने लगी कि 'क्या आप उड़नेवाला ध्यान करना जानती हैं?' मुझे वास्तव में सूझ ही नहीं रहा था कि उससे मैं क्या कहूँ, क्योंकि उसके प्रश्न का कोई अर्थ मुझे समझ नहीं आ रहा था। इस विषय में मेरी अज्ञानता जानकर वह एकदम 'मरता, क्या न करता' की स्थिति में आ गई। उसने अपना निर्णय सुना दिया कि वह उस लड़के से मित्रता तोड़ देगी, क्योंकि वह 'उड़नेवाला ध्यान' करता है, लेकिन वह उसे नहीं बता पाता। उसे पक्का विश्वास हो गया था कि जिस पुरुष के साथ वह रह रही है, वह धीरे-धीरे पागल हो रहा है। जब तक वह पूरी तरह पागल हो, उससे पहले ही उसे छोड़ देने का उसने निश्चय कर लिया। मुझे उस नौजवान पर बड़ी दया आई, जो न सिर्फ किसी गुरु द्वारा दिग्भ्रमित किया जा रहा था, बल्कि उसकी लड़की मित्र भी साथ छोड़कर जा रही थी।

योग की शिक्षा को भी कोई नई विद्या सीखने से भिन्न नहीं समझना चाहिए। इसे रहस्यमय ज्ञान नहीं समझना चाहिए। पश्चिम में 'सिद्धियों' (जिसका दुर्भाग्यवश 'रहस्यमय शक्तियाँ' अनुवाद किया जाता है) के विषय में बहुत से प्रश्न उठाए जाते हैं और संदेह व्यक्त किए जाते हैं। पश्चिम के लोगों के मस्तिष्क की बनावट, उसकी रचना तथा क्रिया-विधि के विषय में तो बहुत कुछ ज्ञात है, किंतु वे मन की क्षमताओं के विषय में एकदम पिछड़े हुए हैं, जिन्हें हमारे पूर्व के ऋषियों ने हजारों साल पहले भली-भाँति जान-समझ लिया था। पश्चिम के वैज्ञानिक मन की शक्तियों को प्रयोगशाला में परीक्षण करके देखना चाहते हैं। इस प्रक्रिया में वे जंजाल में उलझ जाते हैं। मन-मस्तिष्क अपनी पूरी शक्तियों का प्रयोग कर सकें, इसके लिए उसका विस्तार करना पड़ता है। 'अविस्तारित मन' से जिन यंत्रों का विकास किया गया है, उनकी भी सीमाएँ हैं और वे यंत्र 'विस्तारित मन-मस्तिष्क' की शक्ति को सिद्ध नहीं कर सकते।

अच्छा स्वास्थ्य : अपने हाथ

अपने हाथों से ही अपना स्वास्थ्य अच्छा रखने के विषय में मैंने विश्व भर में बहुत से लोगों से बहुत विचार-विमर्श किया है, जिससे मैंने पाया है कि लोगों का एक वर्ग तो ऐसा है, जो यह तुरंत मान लेता है कि वे इस दिशा में कुछ भी करने में अक्षम हैं। ये वे लोग नहीं हैं, जिन्हें इस दिशा में मेरे विचारों के विषय में किसी प्रकार का संशय हो, बल्कि ये वे लोग हैं, जो मूलभूत रूप से इस दिशा में खुद कुछ करने के इच्छुक तो हैं, किंतु इसमें स्वयं को असमर्थ पाते हैं। वे अकेले, शांत रहना और बिना कुछ किए रह पाना बहुत मुश्किल समझते हैं। योगाभ्यासों में किया गया अंग-संचालन या गतिविधि उनके लिए बहुत धीमी है और उनका मस्तिष्क इतने समय तक एकाग्र नहीं रह सकता।

यह समस्या तो समझ में आती है। मन ही मस्तिष्क का नियंत्रण करता है। जिसके मन की शक्ति कमजोर हो, उसे इस प्रक्रिया में आगे बढ़ना संभव ही नहीं लगता। वास्तव में कमजोर इच्छाशक्तिवाले और शीघ्र घबरा उठनेवाले लोगों की स्थिति इतनी दयनीय नहीं होती। वास्तव में उनके भय ने ही उन्हें इतना निराशापूर्ण बना दिया होता है। व्यक्ति को अपने व्यक्तित्व के साथ ही जूझना चाहिए और स्वयं से कहना चाहिए कि 'यह कर पाना संभव है, मैं इसे कर सकता हूँ और मैं यह करना चाहता हूँ।' अपने जीवन की बहुत-सी अन्य बातों के विषय में सोचिए, जो अब आप कर सकते हैं और भली प्रकार कर सकते हैं। हौसला रखिए और स्वयं पर भरोसा कीजिए। आप सोचिए कि मानसिक एकाग्रता की अवस्था प्राप्त करने के लिए आपको उसी प्रकार प्रयास करने होंगे, जिस प्रकार अन्य चीजों के लिए करने पड़ते हैं। अगर आप खाना बना सकते हैं, दीवार पर रंग-रोगन कर सकते हैं, पौधा उगा सकते हैं, टूटी कार की मरम्मत कर सकते हैं, चू रही छत पर टाइलें लगा सकते हैं या ऐसे ही सैकड़ों काम कर सकते हैं, तब यह कैसे संभव है कि आप अपने मन को मोड़ने की क्षमता अपने अंदर पैदा नहीं कर सकते। आपको आत्मविश्वास जगाने के लिए मानसिक तैयारी करने की आवश्यकता है। यह आत्मविश्वास ही आपके अपने मन-मस्तिष्क की शक्ति से आपमें जरूरी क्षमता पैदा कर सकता है।

मान्यताएँ

आपमें यह भ्रांत धारणा हो सकती है कि योगाभ्यास या 'जप' करके आप कुछ ऐसे विश्वासों की दुनिया में प्रवेश कर रहे हैं, जो आपके अपने नहीं हैं। इस संबंध में दो बातें कहना चाहूँगी। मैं अपनी पहली बात एलेन डैनियल के

शब्दों में कहूँगी, "सुविधा के लिए प्रयोग किया गया शब्द 'हिंदू' भ्रामक हो सकता है, क्योंकि इससे यह विचार ध्वनित होता है कि हिंदू धर्म किसी एक देश का, किसी खास मानव समुदाय का एक काल-विशेष तक रहा धर्म है। हिंदू परंपराओं और मान्यताओं के अनुसार हिंदू धर्म उस विश्वव्यापी ज्ञान भंडार का अवशेष है, जो कभी संपूर्ण मानवता के लिए खुला हुआ था।"[18]

मेरा मानना है कि प्राचीन परंपराएँ और संस्कृतियाँ किसी एक विशिष्ट समुदाय की नहीं होतीं। ये तो विश्व-नागरिक के नाते हम सबकी साझी विरासत है। इस पृथ्वी पर विभिन्न जातियों, वर्णों, राष्ट्रों और मान्यताओं के लोग हैं, लेकिन हम सब प्राकृतिक शक्तियों के द्वारा एक-दूसरे से जुड़े हुए हैं। हम एक ही ग्रह (पृथ्वी) पर रह रहे हैं और एक ही सूर्य सबको ऊर्जा प्रदान करता है तथा इस ग्रह पर जीवन संभव बनाता है। हम सबका चंद्रमा भी वही है और सितारे भी वही हैं। हमारे देवता भिन्न हो सकते हैं, हमारे पूजा-स्थानों का आकार भिन्न हो सकता है, लेकिन इस बुनियादी एकता को नकार नहीं सकते कि हम एक ही सार्वभौम ऊर्जा से बँधे हुए हैं।

योग और महिलाएँ

यह भी भ्रांत धारणा पाई जाती है कि योगाभ्यास सर्वथा पुरुषों के लिए ही है और 'योगिनी' का अर्थ चुड़ैल या डायन समझा जाता है। यह अर्थ कैसे प्रचलन में आया, उसके बारे में कुछ अनुमान लगाया जा सकता है। यह एक ऐतिहासिक तथा वास्तविकतापूर्ण तथ्य है कि कुछ लोग अपनी सिद्धियों को योग के उद्देश्य (ब्रह्म से एकात्म होने) से प्रयोग नहीं करते, बल्कि अपने स्वार्थों की पूर्ति, जैसे अपने शत्रुओं का नाश करने या इस दिशा में ऐसा ही कुछ करने के लिए करते हैं। हाल के इतिहास में ऐसी अनेक घटनाएँ (खासकर पूर्वी भारत में) हुई हैं, जिनमें महिलाओं ने अपनी योग शक्तियों का प्रयोग अपने परिवार द्वारा किए गए दमन का बदला लेने के लिए किया। यह बात विशेष रूप से विधवाओं के विषय में सत्य है, जिन्हें समाज के कुछ वर्गों में घोर नियम-संयम का पालन करना होता है। 'योगिनी' शब्द का अर्थ विकृत होने की शुरुआत शायद इन घटनाओं से जुड़ गई हो।

'योगिनी' शब्द का अर्थ यह निष्कर्ष निकालने के लिए महत्त्वपूर्ण नहीं

18. एलेन डैनियल, 'द गॉड्स ऑफ इंडिया : हिंदू पोलिथिइज्म', पृष्ठ-65, 1985, इनर ट्रेडिशन इंटरनेशनल लि., न्यूयॉर्क

है कि योग केवल पुरुषों के लिए ही है। जो महिलाएँ संसार से मुक्ति के लिए अभ्यास करती हैं, उन्हें 'माँ' कहा जाता है। देश भर में ऐसी बहुत सी महिलाएँ हैं, जो पवित्र तीर्थ स्थानों में, मंदिरों में या अलग से कुटिया बनाकर रहती हैं और स्त्री-पुरुष दोनों ही समान रूप से उनको प्रणम्य मानते हैं।

महिलाएँ और पुरुष समान रूप से योगाभ्यास व योगासन कर सकते हैं। मैंने योगासन अपने पिताजी से सीखे थे। मेरी माँ को इन सबमें कोई रुचि नहीं थी। मेरे स्कूल में, जो लड़कियों का स्कूल था, योगासन शिक्षा के अलावा अन्य क्रिया-कलाप सिखाए जाते थे। योग का मार्ग महिलाओं के लिए कतई बंद नहीं है।

प्राचीन ग्रंथों में महिलाओं के योगाभ्यास के विरोध में जो कुछ लिखा गया है, उसके विषय में यह कहना चाहूँगी कि भारतीय संस्कृति बहुत प्राचीन है और उसका दर्शन एवं साहित्य बहुत समृद्ध है। यह दर्शन और साहित्य उस भू-भाग में बढ़ा-पनपा है, जिसमें विचारों की पूर्ण स्वतंत्रता रही है। वर्तमान की भाँति अतीत में भी कुछ-न-कुछ लोग होते ही रहे हैं, जो महिलाओं के प्रति विरोधी दृष्टिकोण रखते थे। संसार में भारतीय संस्कृति ही ऐसी एकमात्र संस्कृति है, जिसमें पुरुष और नारी की शक्तियों में संतुलन रखने के लिए अनुसंधान किए गए और नारी को 'शक्ति' के रूप में स्वीकार किया गया।

विश्वव्यापी जागरूकता

इस पुस्तक में मैंने ऐसी अनेक बातों की चर्चा की है, जो हम अपने स्वास्थ्य के विषय में कर सकते हैं, लेकिन 'अपने लिए करने' और 'अपने आप को प्रशिक्षित' करने के कारण हमें आत्म-केंद्रित या अपने से ही उलझा हुआ नहीं रह जाना चाहिए। आत्म-जागरण के कारण हमें औरों के प्रति अधिक सहनशील तथा उदार बनना चाहिए। आत्म-साधना करने का अर्थ, अपने से उलझना भी नहीं होना चाहिए। पतंजलि कहते हैं कि 'प्रसन्न एवं अप्रसन्न और कृपालु एवं अकृपालु व्यक्तियों के प्रति भी मित्रता एवं दया का भाव रखना तथा नम्र बनना चित्त को शुद्ध करता है।' यदि हम योग के मार्ग पर चलना चाहते हैं तो हमें ये गुण अपने में समा लेने की आवश्यकता है। यह हमारे हाथ में है और यहीं से हम जागरूकता की प्रक्रिया आरंभ कर सकते हैं। किसी समाज में सामूहिक जागृति व्यक्तिगत जागरूकता से ही आती है। हममें से अधिकांश जानते हैं कि और भी बहुत-सी बड़ी-बड़ी बातें हैं, जो हमारे स्वास्थ्य के लिए हानिकर हैं तथा उन्हें बदलने के लिए समाज में सामूहिक जागृति एवं अंततः विश्वव्यापी

जागृति की आवश्यकता है। हमें प्रदूषण से अपने पर्यावरण को बचाना है, कीटनाशक औषधियों से अपने खाद्य पदार्थों को बचाना है, रेडियोधर्मी तत्त्वों से हमें अपनी रक्षा करनी है और हमें औद्योगिक औषधियों के प्रयोग तथा अन्य दुरुपयोगों से बचना है।

मैं समझती हूँ कि व्यक्तिगत रूप से चेतन होने पर हम अपने लिए बहुत कुछ कर सकते हैं, पर अच्छा स्वास्थ्य रखने के लिए सबकुछ तो नहीं कर सकते, लेकिन यही एक रास्ता है, जो हम सबको जोड़ सकता है, जिससे हम अपने भूमंडल में कुछ परिवर्तन ला सकते हैं और सामूहिक सद्भावना तथा अच्छे स्वास्थ्य की खातिर मिल-जुलकर बहुत कुछ कर सकते हैं।

□□□